ZWEI GEGEN EINEN

Leander Scholz

ZWEI GEGEN EINEN

Tropen Verlag

Für meine Familie

»Der Seelen Tod ist Wasser zu werden, Wassers Tod Erde zu werden; aus Erde aber gewinnt Wasser Leben und aus Wasser die Seele.«

HERAKLIT

»Der künstlerische Vorteil des elektrischen Lichtes liegt vor allem darin, daß es überhaupt nicht auf schwertragende Körper angewiesen ist, sondern daß es überall ungezwungen im Raume verteilt werden kann.«

PETER BEHRENS

BARBAR

Weg. Sie ficken. Mit schlechtem Gewissen.

Aber sie ficken. Betrogen. Ich bin innen gelb ausgeleuchtet. Gerade jetzt. Es ist sinnlos. Denke nicht an Elefanten. Im Morgen berühren sich meine Brustwarzen. Manchmal noch legt sie sich neben mich. Nicht: wie früher. Nicht, daß ich noch einmal, die breiten Zehen, daran zu knüpfen. Ich darf nicht über sie schreiben. Drei minus eins macht zwei, eins. Ich liege Kolonie: eine kapitale Entscheidung. Weg. Wie ausgeraubt. Ich kann mich nicht erinnern, daß ich dachte, diese Fahrt ist das letzte Mal. Wann war das letzte Mal. Etwas ist nicht rückgängig. Es ist eine Grube im Schmerz.

Vor zwei Jahren in Königswinter.

Ich war B zu A. Meine Idee war folgende: eine Strecke trägt sie mich Huckepack, dann wechseln wir. So vorwärts, daß wir stets auf gleicher Höhe sind. Tatsächlich bekomme ich folgendes Bild zugeschickt: Angela versucht es mit Tom. Eigentlich nicht. Tom weiß nicht genau, wohin mit seinem Schwanz, vor allem in der Zeit seit Aids. Also bleibt er im Dezember bei Rosalinde. (Sie ist schon längst weg.) Sie lernen sich kennen: auf der einen Seite Ulrich und Angela im chinesischen Restaurant, gegenüber Tom und Rosalinde, sie schwimmen zu viert über den Rhein, in zwei kleinen Booten, so daß die Männer rudern können. (Dabei stellt sich in der

Vergangenheit eine andere Partie heraus.) Rosalinde verhaspelt sich ans Ruder. Dann sitzen drei in einem Boot, Ulrich am Schreibtisch, nicht in meinem Text.

Morgens liege ich in vier Beinen.

Bis sich aufgeklärt hat, daß zwei schattig sind. Ich zähle die Personen durch, die an dem Fall beteiligt sind: achtzehn, ich muß mich dazu bringen. Soviel Schmutz in meiner Hütte, ich kehre. Schreib doch, was passiert ist, weiß keiner mehr. Ulrich: Dein Text zu Bastei Lübbe. Statt dessen suche ihn auf, besser zu dritt, und wir schlagen ihm die Nase ein. Dann ist das Gesicht nicht mehr schön.

Wahrscheinlich war es sehr flüchtig.

Was für keinen Text. Keiner hat genau hingesehen. Endlich hat Rosalinde Tom verlassen. Passende Namen. Sie schlafen ab und zu zusammen: Geschenke, jetzt einen Aidstest. Und Tom geht zurück nach Kalifornien. Was ist mit A. Mal sehen. Ulrich wartet am Schreibtisch, welche Geschichte er daraus machen kann. Es geht zu schnell. Tom ruft aus Übersee. A sucht nach Übersee. Ulrich schreibt am Schreibtisch keinen Text.

Ich bin zurück.

Sie wird schon ausgezogen sein. Sie wird fortgeschwommen sein nach Übersee, Große Welt, den Anderen fürs Paradies. Lange Telefonate, wer den ersten Biß tut, die ich nicht mehr hören muß. Eine ausgeflippte Bluse (Urwald), nicht für mich, nicht, die ich noch behimmeln muß. Ich schreibe das auf. Es ist definitiv: der Ring, den sie sich durch den Bauchnabel bohren läßt, wird nicht für meine Zunge sein. Ich werde nicht sprechen. Ich werde nicht ficken. Aber, sie würde nie Ficken sagen. Endlich wieder festen Kot. Ich war nie außerhalb der Geschichte.

Es ist doch passiert.

Plötzlich packte Tom seinen Kalender zu Ulrich: Angela war öfters bei ihm als bei Ulrich. Du warst nicht da, als ich aus der Fahrt fiel, ohne Kinn. Als ich auf dir war, hast du dir jemanden untergelegt. (Aber wie, wenn nicht in den Arsch.) Du bist auf einem Schwein davongeritten und hast mir deinen Pilz zwischen die Eier geschoben. Kleine Mädchen, große Jungs: »Danke für den schönen Abend, Susi« »Wie kannst Du mit einer Dummen zusammenleben« »Verzeih mir« »Ich wollte abwarten, wie sich das anfühlt« »Kannst Du Dir vorstellen, irgendwo anders zu leben« (Susi bläst gern, der Dritte spritzt ihr in den Mund, bleibt ohne Gefahr.) Der kleine schwarze Mann: »Susi, Amerika, Dein Land, ich spüre Deine Zähne, wenn Du sprechen willst« »Ich will mich nicht entscheiden« denkt Angela und legt noch einmal Karten oder Geldscheine. (Wer hat den größten Schwanz. Ein Elfenchor singt.) Ulrich wußte alles aus den Briefen. Er war sich schonungslos.

(Vielleicht lernt sie bei ihm ein paar Fremdworte.)

Sie ist ausgezogen. Die Wohnung ist leer und groß. Obwohl ich gestern alle Räume geputzt habe, finden sich überall lange und rote Haare. Ich habe sie zum Flughafen gebracht, die neuen Räume geweißt, beim Möbelschleppen den Rücken verzogen und zweimal dünnes Blut in den Händen verschmiert, aber einen Kuß habe ich nie verweigert. Nachts noch manchmal freiwilliges Nebeneinanderliegen, ohne anzufassen. (Zweimal doch, Koks.) Am Abend rauchen wir Haschisch, den Bruder abzustellen. Die Wohnung ist leer und groß. Gestern abend gab sie mir ihre Zunge, bevor jeder in seine Wände ging. Nachts bin ich von meinem eigenen Traum aufgewacht. Ich hatte geschrien. Wenn ich jetzt schreien würde, würde ich nicht mehr aufwachen. Ich wimmerte.

Ich habe mir verboten, darüber zu schreiben.

Ich mußte ihr versprechen, nie darüber zu schreiben. Die Zeit tropft. Wir schwammen auf den Tagen im April. Es wird noch Jahre dauern, bis ich ihre Haare aus der Wohnung gekehrt habe. Ein grobes Küchenmesser: erst mein Arm. Wir badeten im Meersalz und wollten uns im Blut löschen. In der dritten Woche führte ich ihre Hand auf das Messer. Sie schnitt, ohne hinzusehen. Dann spannte ich ihren Arm, die Haut empfänglich nach allen Seiten, und fuhr mit der Klinge hindurch. Ein Loch, in dem ich das Fleisch sah. Es wurde zu groß, eiterte, ich sah das Rohe, verformt, ineinander gedreht, wie es im Blut liegt, ich hätte es nähen müssen, ich hatte kein Pflaster. Sie sieht nicht hin. Zum Nachbarn, meinen Arm in graues Klopapier gehüllt. Ich hatte nicht viel Zeit, die Wunden zusammenzulegen, bevor sie zusammensank. Ihr Fleisch klaffte. Sie hat die Wunde erst gesehen, als ich ihr Pflaster wechseln mußte. Wenn ich mich daran erinnere, habe ich das Gefühl, ihr ein Stück Haut zu schulden. Ich habe versucht, meine Narbe mit einer zweiten durchzustreichen. Die zweite ist schneller geheilt als die erste. Sie desinfiziert meine beiden Narben. Die erste hat sich breit gewölbt. Wenn sie es zuläßt, fahre ich mit der Hand vom Nacken über eine Rückenseite bis zum Podreieck, mit dem Daumen dazwischen, hinunter bis zum Schenkel. Ich darf ihre Schamlippen nicht berühren. Ich dachte, wenn ich jetzt heule, kann ich den Fluß nie mehr unter Kontrolle bringen. Ich heulte.

Ich verabschiede mich auf ihre Weise.

Zwei kann ich nicht zu Papier bringen.

Mit einem Transporter hatte ich meine Möbel vor ihre Tür gebracht. Gestern hörte ich ihre Stimme auf dem Hof. Es waren Kinder. Erst haben wir die Möbel gemischt. Ich stellte meine Bücher auf ihre Kommode. Die Marmorplatte zerbrach. Später trennten wir die Zimmer und Gegenstände. Nach ihren Telefonaten legte ich den Hörer richtig herum auf. Jetzt beherrsche ich beide Räume und die Tür zum Hof. Sie ist geflohen, aus ihrem Elternhaus, nach Übersee. Heute habe ich mich im Traum weinen gesehen – alle standen um mich – und gesagt: es ist so schlimm immer noch. Wachte auf. Ich träume zukünftig zwischen einem Mann und einer Frau. Ich werde den Regeln nicht mehr gehorchen: daß ich zwischen den Stühlen falle und daß mir eine machtende Hand durchs Gehirn fährt. Ich bin kein Feind, denn es war deine Grube, Vater.

Die beiden Männer sprechen zu Susi:

Wo wir keinen Sinn mehr hinschleppen, beginnst du. Wir haben alles unter Europa gelesen. Wir sind schneller als der technische Fortschritt, der nur mühsam seiner Lähmung entgeht. Wir haben unsere Körper vor die Drahtspitzen geschnürt. Wir verlängern noch die Geschichte. Aber was du tun kannst für die beschichtete Erde, die schmal wird an ihren Hügeln und dreht sich in sich hinein, du kannst dich unter sie legen. Denn dein Körper bleibt sicher so weich und dreht sich nicht mit hinein, wie ein Gummi, uns hier unten zu schützen. Im Weltall wirst du Hilfe finden für die bedrohten Kitze. Deine Mission mußt du mündig erklären, kein kleines Mädchen mehr, Susi. Die beiden Männer kriechen in Susis Darm und bleiben ruhig und warten, ob Susi auch Kinder will.

Heute darf ich bei ihr schlafen.

Letztes Mal, das war schon verboten, habe ich ihr meine Zunge in das Geschlecht gedrückt, so tief, daß mir am nächsten Tag die Bänder weh taten. Sie hat einen weißen Körper, rote Haare, vierundzwanzig Leberflecken auf dem Rücken, die Haare sind gefärbt, sie hat meinen Brustkorb, eine Hühnerbrust, biegsame Arme und kleine Lebensgeister fand ich zwischen den Schenkeln. Ihre Scham war Flaum. Susi sagt, das sei eben passiert.

Ulrich ist draußen.
Weil er weiß, daß er nur beide lieben kann.

Der Mensch ist dem Menschen zugewandt und den Dingen.

In der Arbeit formt er die Dinge. Er macht zum Beispiel spitze Werkzeuge. Bloße Körper sind ihm unerträglich. Er webt. Er wird zu spitzen Werkzeugen. Schließlich wendet er sich dem Menschen zu, denn er weiß nicht, er flattert, er ist ihm schon längst zugewandt.

Ulrich ist der Verführer.
Weil er jetzt nicht mehr der Ehemann ist.
Die Suche läuft.

Ulrich träumt von Angela.

Sie schläft, er fängt an, ihre Schenkel zu lecken, im Schlaf dreht sie ihm der Reihe nach alle Körperteile zu, damit er sie mit seiner Zunge eindeckt, sie schlägt die Arme weit und zieht ihre Beine hoch, damit er sich dazwischen legen kann, sie sagt, nutze meine Biegsamkeit.

Ich sprach mit Susi. Susi spricht:

Ich hatte als Kind keinen eigenen Raum. Als wir uns kennenlernten, waren wir Tierchen. Dafür lernte ich kochen. Du hast mit mir einen Vertrag gemacht, ich wollte meinen Mann. Wir reden seit Stunden, draußen ist es schon hell, du hast die Rollos heruntergelassen, ich werde dich nicht in den Arm nehmen. Der Vertrag ist gut, ich habe ihn gestern gelesen. Du hast in der ganzen Zeit nicht kochen gelernt. Du hattest gemeint, zwei Schreibtische in unserer Wohnung aufstellen zu müssen. Das kann man nicht bereden, wie ich jetzt bin, gehöre ich nicht in einen Vertrag. Es war dir egal, ob ich kochen konnte oder nicht. Das mit dem Zimmer wäre nicht nötig gewesen, ich hätte keines gebraucht. Wir können noch Tage so sein, eingeschlossen, uns gegenseitig durch die Wohnung jagen, auch wenn ich weine, spreche ich nicht. Ich habe ein Kind nicht in die Welt gesetzt. Seitdem ist mir ein Zimmer zuviel. Ich kenne deinen Körper, wir waren zwei Tierchen, aber jetzt werde ich eine Frau.

Am Caféstand:

Fragte, bei zwei halben Cafés zum normalen Preis, ob ich dafür eine Waffel bekäme. Der Verkäufer schüttelte den Kopf: »Das ist wie im richtigen Leben.«

Einmal haben wir uns beim Zähneputzen das Wasser gleichzeitig gegenseitig in den Mund gespuckt.

Das Übrige muß das Schicksal erledigen.

Irgend etwas trägt, daß wir nicht hier herumstehen werden, wenn wir uns nicht fortbewegen. Ganz am Ende bestimmen wir nicht unseren Gang, wie wir ihn gesehen haben, daß wir blind in die nächsten zwei Tage schauen. Europa bleibt. Ich bleibe stehen, ohne mich umzudrehen, nach links und rechts, ohne das Blinde zu sehen, bleibe störrig stehen. Europa bleibt mir nicht. Daß wenn ich so stehe, sich dreht, glaube ich, in mich, die ganze Strecke noch einmal.

Ich fühle mich wie Susi.

Wäsche gekauft, verliebt, so daß ich bei ihr bin wie ein kleines Mädchen, das auf den Prinzen wartet. Liebe Susi, mir ist heute etwas Schreckliches passiert. Ich habe deinen Geflügelsalat gekauft. Sonst kann ich mich nie entscheiden. Einmal stand ich an der Joghurttheke, da fiel mir auf, daß ich mich zwischen all den verschiedenen Sorten entscheiden könnte, daß ich jetzt jedes von allen kaufen könnte, nicht alle, aber eins von allen könnte ich auswählen. Vorher hatte ich einfach zugegriffen und jetzt, plötzlich, könnte ich mich für eins entscheiden, das ich mir nehme. Da hatte ich deinen Geflügelsalat in der Hand. An der Kasse kam mir, daß ich ihn für dich hätte kaufen wollen, und konnte ihn nicht bezahlen.

Ich stand mit einem leeren Raum in Susi.

In den Nebenräumen müssen auch Leute herumgestanden haben. Der Raum war weiß, ein Türpfosten, Lichtschalter und Steckdose. Dort standen wir. Susi hatte einen Föhn in der Hand. Gelb. Er wurde so heiß, als hätten wir lange gestanden, die Arme hingen hinunter. Der Föhn brennt und Susi legt ihn auf meine Hand. Ich denke zwei Hände, eine verformt sich schwarz. Ich sehe es erst und höre mich dann schreien.

Ich sprach mit Andi. Andi spricht:

Mein Vater verkaufte, als er ein Kind war, Fritten. Jetzt ist er selbstgemacht und treibt es mit seinem Geld. Ich mußte, als ich ein Kind war, mit Zaubertricks auftreten. Als du mir Susi gabst, hatte ich den Eindruck, du wolltest sie nicht mehr. Eine Zeit lang schienst du unentschieden, ich wartete, griff zu. Zuerst war ich der zweite, sie kam heimlich zu mir, jetzt bist du der zweite, aber sie wird nicht mehr zu dir kommen. Sie hat dir gebeichtet, du wußtest es, aber du hast dich nicht vertreten. Es ist deine Schuld, daß wir uns jetzt streiten müssen, der Tausch, den du mir vorgeschlagen hast, war kein schlechtes Geschäft. Ich hätte an deiner Stelle auch verkauft. Aber jetzt stehe ich auf der anderen Seite.

Ich wünschte Susis neuem Zuhälter Glück.

Die Körper wechseln.

Die Frau hat eine Beziehung zum Anderen. Der männliche Körper bildet einen Panzer und ein Schwert. Aber was ist, wenn der Andere kein Inneres hat. Rosalinde wird zu Rosa, Angela zu Susi, Tom bleibt auch als Andi, Ulrich macht Travestie. Er zieht sich schwarze Linien über, bald wie ein Krieger, als Schatten einer Frau. Susi füllt ihr Becken, Tom füllt es mit links, Andi läßt es wieder laufen. Das Füllen mehr als Kind. Ulrich macht Travestie. Schwarze Linien zieht er über seine Brust, führt sie breit zu seinen Schultern, ein exotisches Pferd, bevor er als Zebra erwacht. Er wäre lange so herumgaloppiert, schnaubendes Tierchen, aber glänzender als irgendein idealistischer Gedanke. Ulrich macht Travestie im Zebrakostüm, bevor die anderen nicht weg sind, er zieht es nicht aus, als die anderen weg sind, bricht er sich ein Beinchen und kann auch auf zweien nicht mehr laufen.

Ich hörte auf zu schreiben.

Ich brachte dich zum Flughafen Frankfurt, wo die Flüge starten. Beim check-in warst du schon in der Luft, ich am Erdboden, wo sich das Wasser sammelt. Der Weg durch einen Sumpf, wo ich die Autobahn in unsere gemeinsame Wohnung betrat. Ich war allein mit meinem Geschenk. Eigentlich ein Gedanke, daß sie jetzt bei ihm ist, aber ich konnte ihn nicht denken. Ich war auf der Erdoberfläche, am Nil, wo sich die Flüsse kreuzen, den Tigris entlang, wo ich mich treiben ließ, ohne zu wählen, auf einem Floß, den Schollen, wo ich nichts tun mußte, um nicht herunterzufallen, auf den vierundneunzig Weltmeeren, auf denen ich meinen Körper verteilte, ohne mir zu merken, wie ich die Stellen wiederfinden könnte. Auf den Kontinenten gibt es das Begehren.

24. September.

Wenn ich aufstehe, steige ich rechts aus dem Bett, denn links könnte jemand liegen. Ich mache heißen Kaffee und hole ein Tablett, obwohl das für eine Tasse nicht nötig wäre. Wenn ich mir die Schuhe anziehen will, gehe ich in den falschen Raum, um mich auf das Bett zu setzen, das dort nicht mehr steht. Ich schreibe meinen Tag minutiös auf, um ihn zu befolgen. Ich bleibe bei Bewußtsein.

Ich blieb die ganze Zeit auf Speed.

Das ist noch einen Gang höher schalten, bis die Maschine verreckt. Man erhofft sich von dem Zusammenbruch eine erholsame Wirkung.

An diesem Tag ging ich zu Nummer 84.

Die Hure sprach kein Deutsch. Ich legte meinen Finger an ihren Bauchnabel und sie lachte. Ich hatte bezahlt und wahllos eine der herumsitzenden Frauen ausgesucht, sie war mir egal. Ich wußte nicht, daß wir uns nicht unterhalten könnten. Wir lagen nackt nebeneinander, wir lachten, wir mußten irgendwie anfangen, denn ich hatte ja schon bezahlt. Sie setzte sich auf mich, ich küßte ihre Brüste, wir zeigten uns die Zähne. Ich spürte, daß ihre Brustspitzen hart wurden, darüber fielen wir in ein Kichern. Alles war falsch an unserem Benehmen. Als ich mich wusch, fuhr die Brasilianerin mit ihren Fingernägeln über meine Rückenlinie, zum Abschied: daß wir uns tatsächlich küßten und drückten, daß wir uns die Namen sagten, da schlug ich ihr von rechts kräftig ins Gesicht. Ich rannte weg. Sie wird aufwachen. Auf der Autobahn hatte ich Lust, das Steuer loszulassen.

Andi hatte mir meine Schuld genommen.

Bald sind die 90er vorbei und ich habe immer noch nicht geheiratet.

Nach der Zeitenwende werden wir uns nicht mehr wiedersehen. Den ganzen Tag werde ich mich in eine geile Hygienik stecken. Unsere Körper werden geschichtet aufeinandergelegt zu einer endlosen Reihe himmlischen Brotes. Die Nichtbezahlten hingegen werden ihren Körper nicht mehr brauchen. Ich freue mich schon darauf, daß es dann kein Problem mehr sein wird, sich anzuschließen an die flüssige Mittagszeit in der Stadt. In diesen Tagen allerdings verlasse ich nur noch das Haus, wenn es dunkel wird draußen, um mich lieber zu fühlen wie die, die unter Tage leben.

Ich würde mich um Kinder und Haushalt und Text kümmern. Ich würde ein Säugetier sein und im Wasser leben. Beim Schwimmen Luft zu holen würden wir uns gegenseitig an die Münder gehen. Wir hätten uns anders entscheiden können. Wir hatten uns entschieden. Wir hatten eine kurz Zeit zu dritt gelebt.

Zirkeln mit D. Ch.

Erschöpft. Die Augen aufgedeckt mit Tapetenblumen,
beim Nacht-Portier mit deinem Namen, mit Samen
        aufgefahren, mit Seife BUND christlicher Hotels
Und wir haben uns hinausgelegt zum Trocknen,
Vorsicht
mit meinem Bein, ist eingeschlafen, naß
vor Freude: das Zimmer ist gerodet. daß
man ausgeschlagen wird. Ja,
ganz bißchen was hat es mich erwischt –
deutsche Geschichte im Schwanz, als meinte
er vielleicht 40 Jahre schlapp zu sein. Jetzt
wirds ENG.
Von dann sind wir getrennt gelaufen.
        Keine Hotels, keine Städte, nicht ausrufen
        zweimal, auf der Straße, auf der ich auf
        der Erde fest war, dicht ausgesetzt,
So hättest du mich retten können: dicht und
                                                ausgesetzt
Nachtbier, Bude und du zahlst und zahlst, (Ärmel)
Und dann heben wir uns wieder rein, mit feuchten
        Umschlägen schlagen umgedrehter Heiligen,
        ich wurde mit deinem Namen genannt, aus der
        Nacht, gute Nacht, Städte ganze Nacht, der Rechnung
        stand, Herr C., ein Name reicht, zur Nacht

weggehen, wir warten auf Sie, und der ganze
Flur war leise. wie reisen wir
Große Körper, die uns wollen. In EIN Fleisch.
Im Abend müde. Ja, wie ich die Fahrer beschwatzt
habe, mich zum kaputten Auto zu bringen,
ach Mordgeschichten und Angst, kleine Köpfe,
die wollen sich zusammenschlagen, wie Ein Panzer
Wüste spielen mit Innenleben Anpflanzen Kartoffeln
Jetzt weggeschlossen. Knapp sind wir nicht entkommen,
als wir das Hospiz verließen, die Wärme besudelt,
war draußen schon alles schmutzig, so als wären wir
ein Stück weitergekommen in der Weltgeschichte und
unser Triumph mit einem Trostpreis gezeichnet.
Sie hätten uns dasselbe Zimmer nicht wieder zurück-
gegeben.
Husten, Gesicht unter deiner Zunge, öffentlich zugedeckt.
Kleinkörperstrampeln auf den Gehwegen, zappelnd
vor U-Bahn kommt um unsere Mundhöhlen, die
Zunge löst sich nicht, dabei sind
alle Eingänge schon zugefickt. Sie brauchen
kein Fleisch, nicht Zauberarsch, es wird jetzt ganz
groß geliebt, in allgemeinen Gründen.
(Erinner
mich an unseren Nachttisch-Bibelwitz
wo sich da alle lieben, aber auf unserem
Flur ist es ganz in Leise)

Im Abend schwer. Nicht die Kraft, noch zu sudeln, nicht
ohne deine kranke Gefahr
Das Hannover war häßlich, wie ich so unsichtbar darin
stand, gerade zum Ausknipsen.

Kein Problem.
Die Zeit ist reif für deutsche Städte, Ernte,
Ernte mein, und die Geschichte spricht auch wieder
mit uns. Schade, nicht.
Und wir legen uns noch einmal zum Trocknen raus, mit
Zigarettennabel
Vorsicht,
mein Bein ist nicht eingeschlafen, es geht los.
Kamener-Kreuz steht mein Auto, liegen mittig
zwischen Bonn und Berlin, beide ohne geheimen Auftrag,
gibst mir meinen Namen zurück. Wir werden sicher noch
gebraucht.
Keiner will es genau wissen.
Überall, tagsaufbruch, sehe ich in Idioten, die ihre
Zellen teilen und vor allem langsam vermehren,
zwischendurch,
christal ship, auf der Bühne nackte Körper, Vorhang:
da steht wieder der deutsche Wald
zwischendurch,
der gelbe Fleck, den du mir auf die Brust gegeben
hast
verschwindet. Ob deine Brustwarzen
noch rot sind zwischen meinen Fingern, zähneln
Früher oder später
wären wir losgeschnitten worden und
entweder: wir nehmen beide einen Namen
oder jeder behält den seinen, was da alles
dranhängt. Ach, die Geschichte
gibt es wieder und wir machen auf Seitenarme
•

Gestern, dachte ich, unter Menschen, keiner da,
übergestülpt, motorisch sensibilisiert, aber ich
konnte nichts freilegen. Das WARS schon.
Ach, wie klingt mir die Frage des guten
Nacht-Portiers, so spät wie Sie wollen
wir grinsen uns an, sind gleich wieder da
das war kein Ort,
nur raus für Bier, Packung Zigaretten
holten uns wieder rein, ohne den Tag
zurechtzuheißen.
Streife also, liege überfahren, mal so und
so wie du den Rauch ausblasen,
huste nicht, nicht in der Lunge
höre nicht, mein Körper spricht nicht,
schreibend, allein, oder nicht schreibend bin ich
nicht dagewesen.

Nach drei, vier Fluren

Dein Körper hat mich nicht gestört
in den Monaten Juni bis zum vergangenen
Frühjahr: jetzt bin ich voller Auto-
unfälle, diesem Tag nicht gleich
der vorliegt mit 20 Mark,
überall kein Geld, kein Arsch und keine
Straße: Ich wohne – tatsächlich läuft meine Zahlung,
vollgestopft & schwitzend, in Speed durch
die Nacht & Tag Stunden, bis die Vorräte
WEGgefressen sind, dann bin ich
Schorf
          Ich war bei Dir geparkt,
D-Einheit, Europas Zug, um die ZUKUNFT Abo DD-Bank,
                                        bauen,
was ging mich das Aseptus an, ich duschte
zweimal täglich, um nachts zwischen Deinem
Po-Po zu liegen, dafür war ich klein
– nicht vor den Fluren, keine Zeit geben,
sofort aufstehen, Kaffee mit Zigaretten, was erledigt werden
                                        muß,
für eine Angst ein Lego kaufen: Du hast
mir eine ganze Menge Rüstzeug dagelassen

Aufgeweicht.
Heulen könnte ohne Ende sein.
Angst, daß sie aussetzt, in zwei Jahre gesteckt,
einsetzt im Morgenschlaf, kann nicht aufpassen

immer früh gewarnt sein –
  seitdem Du den BMW mitgenommen hast
  kommt mir alles zu Fuß
da: raumlos klopft, der Magen will ich ganz sein –
  hier ein Angebot: 90 Stundenkilometerhighway
Bausatz: immer einen Schritt voraus.
Das kann ich nicht.

Ohne Augenverschluß
nicht zwinkern, naß schleifen,
daß die Geschichte weit liegt und vorne Schaum
in Hypnose sah ich fliegendes Obst,
daß die Erde bevölkert war, auf Füßen,
deren Himmel nicht spiegelte, matt hinunter
fiel eine zweite Erde, die harschen Muskeln
abzudecken: mehr technische Pflanzen.
Mein Gesicht war weich für Angst.

Dein Körper stört mich nicht, wie er fort
ist nicht, bleibt,
diesmal verflüchtige ich nicht, bleibt in den Monaten
meiner Realität.
Daß jede Veränderung
ich sein muß, dem Moment an, der nicht
mehr flattert, der geschichtliche Auftrag, der
mir rübergebracht, der soldatische Eifer,
mir einen ABC-Panzer einzurichten, obwohl
es keinen Anlaß und keinen Urheber gibt,

tauche ab, die Trance mir einzugewöhnen,
nicht nüchtern mir meinen Körper hinüberzuretten
Aber ich wollte schneller
einen Sprung   mit stürzender Aussicht

ELEKTRIK

– Ich möchte im Wasser sein: naß am Körper, Hüften baden, auf meinen Brüsten sollen zwei Quadrate, Glas sein, den Fußknöcheln bis unter die Arme, den haarlosen Höhlen einen Faden geben, so schwimmen, Glasschlagen, daß sich vom Nabel bis zum untersten Rückenwirbel etwas zwischen meine Beine legt. Und so schwimmen, die Beine auf und ab und teilen. Ich möchte im Wasser sein: naß zwischen den Beinen bis zur Stirnhöhle, zwischen zwei Häuten, zurück zum Tag. Und einmal zieht einer am Faden, reißt mich auf, kann Wasser holen.

Die Seeräuber stahlen die Schwänze.

– Düren. Letztes Jahr. LKH. Habe aber genug Wasser, Lutz ohne Zähne. Die Wächter geben uns keinen Kaffee. Die Wächter haben Lutz die Zähne weggenommen. Er ist barfuß mit einer braunen Kordhose. Ein kariertes Hemd verhängt offen den Oberkörper. Schmuddelig und aufgeschwemmt werden wir in den Warteraum geführt. Ich habe das Gefühl, daß Lutz nach nichts riecht. Kaum zu hören. Seine Lippen über den Vorderzähnen fallen direkt auf das Zahnfleisch. Er kann mich kaum verstehen. Im Sitzen gießt sich sein Körper auf den Stuhl. Ich hole uns erst einmal Zigaretten, aber er will Papier. Ich habe das Gefühl, daß Lutz gleich ausläuft. Auf dem Blatt ist ein MG gezeichnet, Schüsse. Lutz deutet das Papier. Wir gehören nicht zur RAF, aber wir fliehen trotzdem. Lutz glaubt nicht, daß ihm die Führungsebene hier raushilft. Er liebt mich. Wir bleiben bei Zigaretten und Wasser. Die Wächter haben uns allein gelassen, mich durchsucht. Lutz ohne spitze Gegenstände. Lutz zeigt mir die Handgelenke, an denen er nachts festgeschnallt wird, und daß ihm der Gürtel fehlt, seine Hose zu halten. Ich lasse mir die verschlossene Außentür öffnen, Lutz steht auf, zu langsam, weil ich weiß nicht voll was, wirkt nicht wie ein Terrorist, lebenslänglich verfolgt, betäubt, ich becirce die Wächter, die Tür ist auf: schade, daß einer der Wächter eine Brille hat, fällt, bricht, Lutz rennt raus. Zuckt in meinen Muskeln wie er rennt und schreit und der Wächter zu Boden geht. Lutz hatte schon die letzten Tage mit der Faust gedroht. Ich wiege mich von links in den Hüften, es beginnt draußen der Regen, ich gehe jetzt.

Hißt die Segel, Kameraden ahoi. Ahoi Kapitän, führ uns in unsere Schlacht. Die Seeräuber nähten an Netzen.

– Es strömte. Irgendwo rast Lutz mit meinem Auto. Hupen, Lichter, endlich. Ich renne durch die Milchstraße, fast hätte Lutz mich angefahren. »Schnell, einsteigen, wo bist du geblieben?« Lutz hatte sich ausgezogen, sitzt nackt in seinem Schweiß. »Ich bin schon viermal hier entlang.« Er muß sich konzentrieren, startet durch und ich sehe gegenüber in der Frontscheibe seine Brüste sich spiegeln. »Ich kann auf Stöckelschuhen nicht schnell laufen.« Wir fuhren Richtung Norden, Autobahn, Ring Köln-West, zur Weiterfahrt ins Ruhrgebiet. Dunkel wars. Neben den Hebeln sah ich seinen blassen Schoß, wie weiß die Haut wirkte unter den fast schwarzen Haaren, die sich zwischen seine dicht geschlossenen Beine gelegt hatten. Beim Fahren wippte er nervös von einer Pobacke auf die andere, aber rhythmisch, so als würde er sich auf dem Autositz reiben. Er hatte sich die Hüfte verletzt, inzwischen ein dunkelroter Riß, der sich mit den festen Pobewegungen leicht öffnete und schloß. Jedesmal wollte ich den Bluttropfen ablecken, aber die Wunde ließ ihn nicht los. Lutz sagt: »Man ist zu jeder Zeit einsam, gerade im Kampf.« In seiner Gegenwart rauchte ich wenig, so als würde ich essen. Aber er wisse, wie er mich da rausholen kann. Er wird mich bei ihm verstecken müssen, sonst würde ich ja schon morgen einkassiert. »Gerade jetzt«, sagt Lutz, »dürfen wir wenig essen und nur Wasser trinken.« Bei einem Rastplatz hielt er an und verschwand. Im Auto roch es nach Speiseöl, einem Öl aus Getreide.

Die Seeräuber blieben Wochen auf See. In den Fischen träumte das Wasser. Niemand wußte, ob sie ihr Ziel erreichen würden. Ihre Leiber waren es nicht mehr gewohnt, gefickt zu werden.

– Vierzig Tage später stand Lutz vor meiner Kölner Wohnung. Überraschend gutaussehend im dunkelgrauen Flanellanzug, bevor ich fragen konnte, mit einer Einladung zum Essen. Er wirkte ausgeleuchtet. Ich hatte gerade mein erstes Jackett gekauft. Ich konnte nicht wissen, was er in diesen Tagen gemacht hatte. Die Verkäuferin führte mich mit Akzent durch den Marmor, hier und da Stoff, ob ich friere im T-Shirt. Und in das meiste war ich hineingewachsen. Ich lief zur Bank und hob mein ganzes Geld ab, wie Lutz das machte. Er bestellte der Reihe nach zwei große Salate, eine Krabbensuppe und ein Putenschnitzel. Beim Essen verdrehte er die Augen in alle Richtungen, beim Reden wurde sein Mund spitz und hinten voll. Er zog sein Jackett und das Hemd aus. »Von allen Bächen«, sagte er mir, »mußt du einen austrinken.« Er bestellte Rote

Grütze, Weincreme, Waffeln mit heißen Kirschen und eine Extraportion Sahne dazu. Er fing an, auch von den Nachbartellern zu nehmen. Lutz hatte nichts getrunken, aber er wurde immer betrunkener. Ich konnte nicht verhindern, daß er seine Schuhe auszog und unter dem Tisch seine Hose öffnete. Ich bemühte mich, die Nachbarteller wieder zu füllen und die anschwellende Hysterie im Raum auf mich zu lenken. Dem Kellner versuchte ich klarzumachen, daß wir nicht verrückt seien, als Lutz losschrie, er müsse jetzt pissen. Lutz sprang auf den Tisch, wieso pissen, hätte ich gewußt, der Strahl traf mich mitten ins Gesicht ganz warm, zu breit. Niemand griff ein, seine Möse mußte weit geöffnet sein, hockend vor mir näherkommend, so als hätte er Wochen nicht gepinkelt und nur Wasser getrunken. Aus der Starre begann ich meinen Kopf zu bewegen, frisch, ich wusch mich, öffnete den Mund, nahm den Strahl zwischen meine Lippen, frisch an der Quelle: ich hätte Lutz gern zwischen die Beine geschaut, aber bevor ich wieder zu mir kam, rannte Lutz den Hahn schreiend durch den schmalen Eingang des Restaurants hinaus. Ich, nicht hinterher, besudelt, ohne etwas gegessen zu haben, nur wenig getrunken, in dem Gefühl, völlig leer zu sein, und dennoch wollte ich mich übergeben. Hier konnte ich nie wieder etwas essen. Ich kotzte nicht auf den Tisch und zahlte ohne Aufsehen.

Die Schatztruhen der Seeräuber waren übervoll. An vielen Schwänzen hingen noch Hautfetzen von den Hodensäcken. Anfangs hatten sich die einfachen Matrosen geweigert, davon zu essen. Aber bald, nachdem einzelne Kameraden nachts angeknabbert wurden, standen die Schwänze hoch im Kurs. Von den Seeräubern kamen nur wenige unversehrt zurück.

– Ich verlangte nach Lutz. Beim Kaffeetrinken mußte ich an seinen Strahl denken. Ich konnte mich nicht erinnern, wie er geschmeckt hatte, aber ich wollte ihn, ohne zu schlucken, direkt in meinem Bauch haben. Daß er durch den Hals durch mich hindurchläuft und wieder ausläuft. Wenn ich pinkeln wollte, verschloß sich mein Körper. Ich hatte Lutz erst vor kurzem kennengelernt: seit er mir geholfen hatte zu fliehen, sei ich ihm verpflichtet, meinte Lutz. Ich hatte ihm geholfen. Lutz fragte: »Wann gehst du fort? Hier kannst du wohl nicht bleiben.« Wir hatten uns auf einer Raststätte getroffen. Wir verbrachten die letzten Tage gemeinsam, die Nächte, bevor er eingeliefert wurde. Ich bin gleich hin. Frechen/A4 fragte er mich, ob er mich abholen käme. Ich wußte nicht. Nicht was er wollte, ohne Auto auf einer Autobahnraststätte. »Sag mir«, forderte er mich im Auto, »daß ich dich begehre.« Dann schubste er mich wie bei einem Witz: »So kannst du nicht weiterleben. Wenn du mich mitnimmst, werden wir uns gefunden haben.« Er gefiel mir, ich habe ihn ab und zu berührt, seinen aufgeweckten Körper, den braunen Lockenkopf mit frecher Nase, die auf und abhob, wenn er sich aufregte. Obwohl er angezogen war wie ein Durcheinander, als wäre ihm jedes Kleidungsstück von jemand anderem geschenkt worden wie eine Fundsache, wirkte er dann plötzlich so elegant, wenn er einer einzelnen Bewegung besondere Aufmerksamkeit schenkte. Es schien, als würde er in diesem Moment nicht mehr mit mir sprechen, sondern mit den Gegenständen, an denen er herumspielte. Ein billiges Feuerzeug hatte Würde, so als hätte er entdeckt, daß es sich von allen gleichen Feuerzeugen unterscheidet. Einmal fuhr ich ihm über den Bauch, weil er hungrig war, ich war nicht sicher, eben den Bauch einer Frau berührt zu haben. Er schüttelte ihre hochgesteckten Locken aus, vor mir flossen dreieckig ihre Wangen, einen Moment flimmerte F. an meiner Seite, wie sie mir immer erschienen war, seit damals, als auf dem Picknick ein zweites Geschlecht aus ihrem Geschlecht ragte wie ein umgekehrter Pilz. Nur jetzt war ihre Schönheit ganz in ihre Anwesenheit übergegangen. Zum Lachen mußte sie ihr Gesicht in alle Himmel verziehen, so daß sie mich berühren würde, wenn sie sich überhaupt rührt. Lutz öffnete das Fenster und schrie. Er schrie, bis ich nichts mehr hörte und nur noch den Ausstoß des Atems wahrnahm. Dann begann er von seinem Umhergehen zu erzählen. Zuletzt kam er aus den Vereinigten Staaten. Ich mußte mich konzentrieren, statt zu verstehen, fühlte und roch ich seine Stimme. Er mußte in den letzten Jahren viel gereist sein, Südamerika und Indien spürte ich noch. Er roch nach Brot, nach Teig, nach Mehl. Er erzählte irgendeine derbe Geschichte aus Frisco. Nach der Wärme und den Arbeiten in einer Backstube, den bestrichenen Blechen, den großen Rührmaschinen, die den Teig kräftig kneten. Er roch nach diesem Kneten und den späteren Händen darin. Ich wußte nicht, wie man reist. Zurück in Deutschland hätte er angefangen, auf jemanden zu warten. Dieses Mal meldete er sich fast zwei Monate nicht. Ich fühlte mich als grüne Farbe, mir war schlecht vor Hunger, mit einem Frosch im Bauch, den er mitgenommen hatte, der aber nichts weiß von seinem Austrokknen. Ich machte mich auf den Weg, ihn zu suchen.

Es waren die Seeräuber, die jetzt von der Stadt erwartet werden wollten. Der Kapitän stand an der Brücke, wie gerne im weißen Hemd, das jetzt voller Schmutz war, rief er die Blutigen auf, sich selbst zu lecken. »Sollte jemand erfahren«, sprach er zu den Männern, »daß wir von den Schwänzen gegessen haben in unserer Not, werden wir uns alle hier wiedertreffen. Versenken wollen wir uns dann in unserem Schiff, diesen Tod der kleinen Möse von F. widmen. Denn in jeder steckt auch eine kleine Möse, der kleinen wollen wir uns zuletzt verschwören, damit die Meute uns versteht.« Der Kapitän brach ab, ihm war schlecht von all den Schwänzen, vom Schaukeln, daß die See ein Riesengeschlecht sei, viel zu groß noch für seine Übelkeit. Die Seeräuber hofften, die See selbst werde sie zur Stadt führen.

– Lutz hatte von Freunden in Bochum gesprochen. Wo er in Köln wohnte, wußte ich nicht. Frau Grünewald, deren Name auf der untersten Klingel stand, erinnerte sich sofort: sie fiel mir um den Hals, obwohl ich Lutz nicht einmal ähnlich sah. Hier sei eine Menge Post, die sie für mich aufgehoben habe, ein Päckchen sei für mich abgegeben worden, klein aber schwer. Es hatte keinen Sinn, mit ihr zu sprechen, ich würde nichts erfahren. So klingelte ich im ganzen Haus. Niemand sonst konnte sich an Lutz erinnern. Die einzige, die geblieben war aus der Zeit, in der Lutz hier gelebt hatte, war Frau Grünewald. Ich machte einen zweiten Versuch: sie gab mir das Päckchen und einige Briefe, alle an verschiedene Namen mit der gleichen Adresse. Männer wie Frauen, die alle hier gewohnt haben mußten. Frau Grünewald gab mir Tee mit einem Schuß Rum, ohne zu fragen. Sie trug ein knappes, grünes Kostüm. Bisher hatte ich gedacht, sie sei älter, eine Art Hauswirtin. Sie hob ihr Gesicht und es schien mir, als wäre F. jetzt älter geworden, aber vollständig anwesend. Ihre Zunge war zwischen den Lippen liegengeblieben. Sie bewegte sich heftig von der oberen zur unteren Lippe, naß schien ihr Mund wieder geschlossen. Dann schoben sich ihre großen weißen Schneidezähne dazwischen, daß ich das Gefühl hatte, die Spannung müsse sich auf ihnen entladen. Mein Mund blieb geöffnet. Ich wollte aufwachen: »Ich könnte mich jetzt wunderbar von ihnen ficken lassen,« sprach F. oder Frau Grünewald, irgendwo im Raum sah ich ihre Beine, kniend, gespreizt und dann wieder hektisch, »aber Lutz wäre so eifersüchtig, daß wir beide verlieren. Er wird sich noch mit Ihnen beschäftigen.« Das reichte mir. Er ist durchgekaut, aber warum war er nicht bei mir geblieben. Ich blieb höflich, aber wollte nach Hause mit mir. Ich hörte: »Lutz, sei vorsichtig, es wird heute nacht schneien.« Es war eine Männerstimme, auf der Straße nichts. Im dritten Stockwerk wurde ein Fenster geschlossen. Die Bewohner hatten mich belogen oder sie glaubten, ich sei eine Legende, die sie noch nie selbst gesehen hatten. Auf dem Rückweg sah ich fast nichts. Lutz war bei unserem ersten Treffen nach der Klinik nackt verschwunden. Ich konzentrierte mich auf die sternförmig kreisenden Schneeflocken. Mir war schlecht. Mein Bauch fühlte sich an wie Lutz, er war in den Sternflocken, die auseinanderzielten, kurz bevor sie mich berührt hätten.

Der Kapitän kroch zur Mannschaft. Alle Seeräuber lagen unter einer Decke im Bauch des Schiffes. Schlecht und verwirrt klammerten sie und lauschten dem Klang des Schifferklaviers an Bord.

– »Hast du sie?« Ohne zu überlegen, antwortete ich: »Ja«. Einen Tag später nach meinem Besuch in Bochum rief Lutz an. »Dann komme ich sofort vorbei.« Ich hatte das Päckchen nicht geöffnet. Meine grüne Farbe kam wieder. Es konnte kein Buch sein, zu schwer. Ohne Adresse, braunes Packpapier. Ich öffnete den äußeren Einschlag, der zweite war aus hellem, weichem Kunststoff. Die Form kannte ich nur vom Sehen. Die

Heckler & Koch, die vor mir lag, war schwarz und neu. Ich hätte nie gedacht, daß eine Pistole in meiner Hand so schwer sein könnte, aber daß sie genau in meine Hand passen würde. Eine P9S, der Hersteller stand auf dem Lauf, aus Oberndorf am Neckar. Ich kannte die Waffe, mit der die GSG9 gegen die RAF vorgehen wollte, zwei mal neun mal neun: viel zu groß für meine Hand. Ich hätte mich für eine kleinere, versteckbare aus Amerika entschieden, auch 9 mm, billig, leicht und für die Nachttischschublade. Die Heckler & Koch war ein klares, kaltes Stück Stahl. Es klingelte. »Verdammt«, ich wurde nervös, »wie kann dieser Kerl so schnell hier sein«. Lutz zerrte mich auf die Straße. »Sie ist geladen.« Sonst sagte er nichts zu mir, nichts auf meine Fragen. Wir liefen zwei Stunden durch Köln bis zur Kyffhäuser Straße, die ganze Zeit den Stahl zwischen Bauch und Gürtel. Ich hatte das Gefühl, er rutscht an mein Geschlecht, ich fühlte mich wohl, eingespannt zwischen einem Verrückten und einem Prädikat, bis Lutz sagte: »Hier warten wir, bis es dunkel wird.« Diesen Tag, in den mein Frosch hüpfte, den sollte ich selbst markieren. Lutz blieb nervös. Er schrie aufgeregt, kreischte, um mich, wie ein kleiner Junge: »Tu, tu, tu es.« Er nahm mein Ohr, mich mit hinein. »Mach deinen Schuß und wir werden immer zusammen sein.« Ich griff die Pistole und wußte, wie man sie entsichert. »Sei kein Frosch.« sprach Lutz von hinten. »Nimm wen von links oder von rechts, nimm irgendwen, der hier vorbeikommt und schieß.« Und wurde leise: »Dein Schwanz wird sich in meinem Geschlecht teilen. Von nun an wirst du baden können.« Lutz nahm meinen Arm mit der Waffe. Ich sah in einen flimmernden Bildschirm. Die Brille, die Wächter, waren sie noch da und haben sie uns die ganze Zeit beobachtet. Wir hatten kein Wasser mehr. »Ich habe Durst.« »Drück ab!« »Ich laufe aus.«

»Nur einmal, drück ab, und wir bleiben für immer zusammen!« Ich hatte tatsächlich einen der Wächter niedergeschlagen, und wir mußten uns jetzt selbst um Wasser kümmern. Ich drehte mich um und hielt Lutz die Pistole an die Schläfe. »Bist du verrückt?« klang nicht wie Lutz. Ich hatte ihn noch nie ängstlich gesehen. »Du«, blieb ich ruhig, er merkte den Ernst, »hau ab.« Lutz hörte auf zu zittern. »Drück ab!« wiederholte er im zweiten Ton. »Hau ab.« wiederholte ich im ersten. »Nein.« Er würde mich nicht mehr loslassen. »Die behalte ich.« Ich schob die Pistole wieder zu meinem Schwanz und nahm Lutz an die Hand mit zu mir. Es war das erste Mal, daß er erschöpft an meiner Seite einschlief.

In der Nacht hatten die Seeräuber alle den einen Traum: ihr Schiff war gesunken, aber sie konnten auf dem Meeresgrund leben. Sie atmeten und sprachen mit den Fischen. Eine Meerjungfrau kam und liebte der Reihe nach jeden einzelnen der Seeräuber wie einen Helden. Grinsend trieben es die Seeräuber in Blubbern und Blasen, fühlten sich blöde und merkten, daß es ihnen keiner übel nahm. Die See hatte sich ihrer angenommen.

– Lutz schlief bis zum kommenden Abend. Er hatte von der Musik eines Schifferklaviers geträumt. »Hier ist kein Klavier, ich habe es vor zwei Wochen verkauft.« »Du hast an einem schwarzen Schifferklavier gesessen. Ich habe jeden einzelnen Ton in meinem Bauch.« Ich legte meine Hand auf seine Stirn. Er war ganz weich. Er flüsterte: »Schlaf mit mir.« Wir wurden warm. Ich machte ihn nackt. Fuhr mit der Hand über seine kleinen Brüste, deckte ihm die Augen zu, die Stirn in meiner Hand. F. war hier. Sie wollte die Beine aus meinem Schoß legen.

Ich drang ein: Lutz und ich blieben eine gemeinsame Frau, wir stießen uns und wurden durchlässig für das austretende Wasser. Ich roch den Saft aus unseren Körpern und leckte ihn. Ich hatte das Gefühl, F. zu sein, als würde mein eigener Schwanz abwechselnd in Lutz und dann in mich eindringen. So oft ich fester daran dachte, nie die Hand von seiner Stirn zu nehmen, desto aufgelöster wurde ich. Lutz griff mit seinen Händen direkt in meinen Körper. Er zog seinen Schwanz raus und stand auf. Ich war erschöpft, durchgefickt, mir taten alle Muskeln weh. Lutz war blitzschnell angezogen und hatte den Revolver unter seinen Gürtel geschoben. »Ich bin gesund.« schwor er. »Es ist Zeit, daß ich mich von dir verabschiede.« Kam auf mich zu, zog den Revolver, hielt ihn an meine Schläfe, »Ich habe die Kugeln rausgenommen«, und drückte ab.

Die Seeräuber wurden geentert von der Flotte der Königin. Der neue Kapitän hatte ein weißes Hemd. Auf die meisten Seeräuber wartete der Strick. Die Herrscher der sieben Weltmeere waren glücklich, als man sie in Ketten legte. Die Matrosen der Flotte der Königin waren betrübt, als sie die Seeräuber so abgemagert und dankbar sahen. Die beiden Kapitäne grüßten sich und fingen an zu schnattern wie die Weiber von den Reisen per Schiff auf dem Wasser. Noch am selben Tag ließ der Weißes-Hemd-Kapitän seinen neu gewonnenen Freund hinrichten. Die Nacht verbrachte er im Bug bei den Gefangenen, um zu sehen, wie sie sich so verändern konnten. Auch er hatte einen Traum, der war furchtbar.

– Lutz hatte sich erschreckt. Sonst war nichts geschehen. Er saß vor mir, ganz in seinen Körper verstrickt, mit offenem Mund, ohne sich aus meinem Blick herausnehmen zu können.

Ich hörte nicht auf, ihn zu strafen. Er wurde langsam und lahm. »Die RAF hat den bewaffneten Kampf aufgegeben.« sagte ich streng. »Du gehörst ins Bett. Ich gehe.« Ich bugsierte Lutz, der immer noch nicht sprechen konnte, ins Bett, streichelte ihm über die aufgewirbelten Locken, sein Schwanz war klein geworden. Ich drückte ihn noch einmal und gab ihm einen Kuß auf die Stirn und Eichel. Ich zog mich in aller Ruhe an und schob den Revolver nahe an mein Schamhaar. Er berührte meine Lippen. »Du wohnst hier.« sagte ich liebevoll. Ich gab ihm die Schlüssel und zeigte ihm auch das Versteck für den Ersatz. »Du hast auch schon mal hier gewohnt.« Ich wußte, daß das nicht stimmte. Seine Kleidung ordnete ich über den Stuhl, zog die Bettdecke glatt und hatte Lust, noch ein wenig aufzuräumen. »Irgendwann werde ich dir auch meine Autoschlüssel in den Briefkasten werfen. Die Pistole und mein Geld behalte ich.« Ich gab ihm noch ein paar Einführungen in das Haushalten, daß er schleunigst seine Freunde, alle, anrufen müsse, sich aufraffen und morgens frisch gepreßten Zitronensaft trinken soll. »Sei kein Frosch«, sagte ich ihm, »sonst trocknest du schon beim Einkaufen aus.« Ich drückte ihm die Daumen. Er sprach als kleines Kind, müde vor dem Schlaf: »Ahoi Kapitän, du kommst mich doch oft besuchen?« »Ahoi Matrose, ich komme und erzähle dir von meinen Abenteuern.«

Der Weißes-Hemd-Kapitän träumte und traute seinen Augen nicht. Die in Ketten gelegten Seeräuber begannen zu Mitternacht einen Ohren eröffnenden Gesang. Er hatte das Gefühl, nackt zu sein. Alle Eingänge seines Körpers hoben sich, als die Seeräuber anfingen, sich in ihrer ausweglosen Lage zu lieben. In diesem Moment kamen ihm die Sätze von Kapitän K. in den Sinn, der immer an die Chance einer Möglichkeit glaubte.

Dieser hatte die Testbedingungen für seinen Tod geändert. Der Weißes-Hemd-Kapitän dachte, man müsse sich entscheiden wie S., der als zweiter den Test bestand. Dieser hatte im Moment des Todes das Opfer gewählt und seine Seele dem besten Freund anvertraut. Angesichts des grausamen Gesangs der Seeräuber, der seinen Körper mit Wasser füllte, kamen ihm diese Gedanken zu dialektisch vor. Er wußte, daß er daran ersticken würde. Als das Wasser seine Schenkel füllte und auch den Schwanz erreichte, zuckte er vor Kälte, die sich auch in die kleine Spitze ausbreitete. Sein Geschlecht wurde aber nicht kleiner. Das Wasser schloß seinen Mund, er hielt den Atem an, es spülte schon um seine Augen, als er das Gefühl hatte, die putzigen Seeräuber würden zwischen Zeuger und Darmausgang hin und her laufen, so stülpte er vor Erregung seinen eigenen Hintern über seinen gespannten Schwanz, daß der Samen sich zwischen seinen Lippen hervorpreßte und die Zähne bedeckte. In diesem Moment fuhr ein Strom durch seinen Körper und er mußte zwingend atmen und erstickte. Er sah noch die Seeräuber, längst nicht mehr in ihren Ketten, an den vielen Ausgängen seines Körpers spielen, und sie aßen auch seinen Schwanz. Der Weißes-Hemd-Kapitän besaß jetzt einen gelben Fleck, aber er war ohne Orgasmus gestorben. Im Traum mußte er daran denken, daß er sich weder für K. noch für S. entschieden hatte, er mußte an die kleine Möse von F. denken, die die Seeräuber so gern zitieren, deren einer Spruch war, daß man zu jeder Zeit feucht sein müsse, um auch die Orgasmen auszukosten.

– Ich stieg die Treppe hinab und warf die Autoschlüssel doch schon in den Briefkasten. Auf der Straße legte ich einen Zwischenschritt ein. Ich machte nacheinander zwei große Schritte und einen besonders kleinen, dann hüpfte ich auf den dritten großen Schritt. So war mein Kontakt zur Straße gestört und ich kam soweit wie mit großen Schritten. Die Erde war fest, aber sie konnte mich nicht aufessen, da ich ja keine Flügel hatte. Auf der Straße mußte ich an Lutz denken, wie ich ihn einmal hab pinkeln sehen auf der Mittelspur, breitbeinig und ohne Scham, ohne sich an eine Wand oder wenigstens an einen Laternenpfahl zu stellen. Lutz stand wie der heilige Sebastian, mitten im Bild, selbst ein Pfahl, mit geöffneten Beinen, aber ich hatte nicht vor, ihn zu durchbohren. Wie sein gelber Strahl dampfte in der Nacht unter den Hochspannungsleitungen, ohne aufzuschäumen und zu versickern. Ich sah deutlich, daß sein Kitzler an der Unterseite der Eichel tief ausgebildet war, aber ich konnte nicht sehen, ob der Kreislauf geschlossen war. Er legte sich auf die Straße und rieb seine Brüste an dem feuchten Teer. Dieser Strahl schien ihn wie eine offene Leitung mit der Erde verbunden zu haben. Wieder aufrecht war er kleiner geworden. Er stand mit den Füßen im Teer. Während wir so gemeinsam die Straße entlanggeschlendert waren, sackte er manchmal bis zu den Oberschenkeln ab und ich hatte Mühe, gleich langsam zu gehen. Jetzt, wo ich ihn in meiner Wohnung wußte, kam es mir lächerlich vor, daß Lutz sich nicht ordentlich benehmen konnte. Allein auf der Straße überlegte ich, wo und wie ich mich am besten hinstellen könnte, um beim Trampen mitgenommen zu werden. Ich hatte Lust, in einen der nächsten Gullys zu steigen und als Seetier mit langen spitzen Zähnen mich zu verabschieden. Ich gab dem Drängen nach.

Am nächsten Morgen ließ der Weißes-Hemd-Kapitän die erschöpften Seeräuber panisch hinrichten. Sie kotzten und heulten, aber der Weißes-Hemd-Kapitän wollte die Zeit nicht verlieren und hatte sich frisch angezogen. Obwohl er mit den Herrschern der sieben Weltmeere ein leichtes Spiel gehabt hatte, wurde er für seine Treue mit einem hohen Orden ausgezeichnet. Aber an die gestrandeten Seeräuber, die ihn fast zum Überlaufen gebracht hatten, mußte er noch lange denken, und er entschied als Admiral der Flotte der Königin, mit seinen Matrosen härter zu verfahren.

PUDDING

Felix spräche nicht mit jedem. Auf die Frage, woher er denn komme, antwortet Felix nicht. Statt dessen schreibt er seinen Namen auf Papier und fängt an zu weinen. Die Polizei versucht es und das Jugendamt. Sie vermuten, die Mutter ist gestorben. Daß der Junge nicht spricht, kann auch heißen, er ist ein Flüchtlingskind, aus Jugoslawien vielleicht. Felix gibt der Polizei mehrere Zeichnungen einer Frau mit Brille und langen Haaren, die alle durchgestrichen sind. Felix spricht jede Sprache. Er hat mit ein paar einzeln aufgeschriebenen Wörtern angedeutet, daß er Norwegisch versteht. Aber die Polizei sieht, daß er auf Fragen, wenn sie auf Kroatisch gestellt sind, manchmal reagiert. Felix denkt an ein Mädchen. Als man ihn fand, lag er verfroren in einem Rettungsboot versteckt. Felix käme von Berlin nach Norwegen mit der Fähre zwischen Hirtshals und Kristiansand.

Borg macht seinen Deckspaziergang, allein mit seinem musikalischen Mund pfeifend an einem von zwölf freien Sonntagen. Nachdem die Fähre entladen war, blieb der Matrose immer noch ein paar Stunden an Bord, allein mit seinem musikalischen Mund pfeifend gerade an einem der wenigen Sommertage in Norwegen. Borg raucht morgens und abends stets eine tonlose Zigarette, die er dem Wasser vorzeigt. Der Blick der ausgebreiteten Wassermasse Tag für Tag sollte es ihm schwer machen. Er mochte den Rauch nicht, aber wenn er sich vor dem Wasser abzeichnete, besaß er das Gefühl, etwas zu können, worauf das Wasser neidisch sein müßte. Das Wasser würde ihn trotzdem bekommen. Borg machte Rauchzeichen. Das Wasser lag wehrlos. Eines Tages würde er aus Versehen nicht auf Land treten, sondern ein paar Schritte auf dem Wasser versuchen. Einfach und ohne Absicht würde er sich nicht mehr auf das Geländer konzentrieren und ohne Kraft seufzen. Auf diese Unachtsamkeit schien das Wasser zu warten. Noch nicht, das sagte Borg dem Wasser zwei Mal zwischen den Stunden.

Als er in das Rettungsboot stieg, das an diesem Morgen das einzige zur See hin offene war, bemerkte er sofort den kleinen Körper, den sich die Plane gemerkt hatte. Borg steckte seinen Kopf hinein und sah in die zusammengekniffenen Augen eines eingerollten Jungen. Der Matrose reichte dem Kleinen die Hand. Felix dachte gar nicht daran, diese Hand anzunehmen. Er zählte die Falten in Borgs Gesicht, das dauerte. Sie sahen aus wie Schiffsrouten. Sie waren tief und ohne Schatz. Dann war das Gesicht wieder weg. Nach ein paar Minuten kletterte der Matrose wieder umständlich in das Rettungsboot und stellte eine Schale vor die Öffnung der Plane. Felix rollte sich langsam aus seinem Versteck und blieb gestreckt. Er war sichtlich unterkühlt und fand ein Schälchen Pudding vor.

Später erzählt der Matrose, der Junge sei sehr zutraulich gewesen und hätte sich an ihn geschmiegt. Und weil Felix noch eine Zeichnung nachlieferte, auf der ein Auto und ein Schraubenschlüssel zu sehen waren, glaubte die Polizei, der Junge suche in Norwegen seinen Vater, der wohl ein Mechaniker oder Werftarbeiter sein muß. Felix hat seine Augen ge-

schlossen, er wird langsam heimlich. In den groben Händen des Matrosen, die eine richtige Wunde aufmachen konnten, fühlt Felix sich wohl. Er weiß, daß der Matrose ihm nicht gefährlich werden kann. Da denkt er an ein Mädchen.
– Wie heißt du denn, mein Kleinster.
Felix rührt mit dem Zeigefinger durch den Pudding, denk langsam, und schreibt ein großes F, dann die anderen Buchstaben auf die Plane. Felix ist vierzehn Jahre alt, er würde mit seinen Eltern in Berlin leben, die ihm einen anderen Namen gegeben hätten.
– Felix, wissen das deine Eltern.
Felix rührt mit dem Zeigefinger durch den Pudding, ganz langsam, und fährt damit von Borgs linkem Auge zur Wange. Die vertieften Falten auf diesem Weg füllen sich mit Pudding. Der Matrose, der sich noch an das Wasser richten mußte, war überrascht, weil Felix ihn ganz beherrschte. Er wischte sich die Bemalung aus dem Gesicht und sank.
– Wir müssen das Rettungsboot verlassen.
Felix ging mit seinem Pudding Richtung Backbord.
– Wo willst du denn hin, mein Kleinster.
Als Borg den Jungen eingeholt hatte, drehte dieser sich um und zeigte ihm die leere Puddingschüssel.
– Ich kann dich nicht allein lassen.
Felix dreht die Schüssel in die runden Handflächen des Matrosen. Er schmunzelt in Borgs Gesicht und konnte ihm sagen, daß es nichts nützt, ihn nicht allein zu lassen.
– Ich bin gleich wieder da.
Borg ging durch den Kopf: entweder bleibt der Junge stumm oder ich habe keine Sprache. Dann hat das Wasser mich beschummelt. Er wußte, daß es keinen Sinn hatte, wieder auf Deck zu gehen.

Felix wurde von der Polizei erwartet. Er stellte sich vor ein freundliches Gesicht mit breitem Schnurrbart, das beim Atmen schnaufte als müßte sich die Luft durch die steilen Lungenverästelungen auf- und abseilen.
– Bist du hungrig? Felix schlug die Augen auf.
– Weißt du, wo deine Eltern sind? Felix wartete.
Der Polizist dachte an seine eigenen Kinder, ob sie auch so gut behandelt würden, wenn sie einmal fremd wären. Er wollte den Jungen nicht drängen, doch er mußte ihn mit auf die Wache nehmen. Felix war glücklich. Er sah, wie der Matrose ihm winkte, während er die Zigarette, die er sonst vor dem Wasser geraucht hätte, zum Abschied anzündete. Felix wußte, daß Borg in diesem Moment alles für ihn getan hätte.

Auf der Wache war der Junge ein Sorgenfall. Eine dünne Polizistin brachte ihm Milch und Brötchen. Aber er hatte nicht vor zu reden. Statt dessen besorgte er sich wieder Stift und Papier und schreibt »Krieg« und »Pudding«. Der Wachtmeister, ein Mann ab vierundfünfzig Jahren, drei Kindern, einem Haus, einem Ärger und einer Frau, der gefragt werden wird, ob etwas passiert sei. Wie war dein Tag, der ihr von Felix erzählen wird. Der Junge sieht ihn mit zwei Augen an, schlägt sie nieder, die Haare sind ihm über die schmalen Brauen gefallen: der Wachtmeister sieht ein neckisches Kräuseln unter den Nasenflügeln. Aber Felix spräche nicht. Er würde an ein Mädchen denken. Der Polizist hat aufgehört zu fragen. Er telefoniert zuerst mit den norwegischen Behörden, dann mit Interpol, ob eine Vermißtenanzeige vorliegt, zuletzt mit dem Kinderheim von Kristiansand. Als Felix wieder in den Polizeiwagen steigt, sieht der Wachtmeister länger in seine Richtung und fährt sich durch den Schnurrbart. Ob er den Bart hätte tauschen können mit seinem Pudding. Felix hatte keinen Hunger. Er hat ihn nicht einmal angerührt. Vielleicht sollte er sich um die Adoption bemühen. Da hat er den Pudding selbst gegessen. Versehentlich verschmiert der Polizist den Puddingrest langsam über seinen Bart. Statt die Flocken zu entfernen, beginnt er, sie einzureiben. Als er sich dabei ertappt, macht er weiter. Er denkt an den Jungen, daß er ihm den Pudding hier gelassen hat und gibt seine Adoptionspläne auf. Er wird nichts erzählen müssen von Felix.

Im Kinderheim von Kristiansand lernt Felix Nelly kennen. Nelly ist fünfzehn Jahre alt. Sie nimmt ihn mit in ihr Versteck. Der norwegische Sommer ist kurz. Die Kinder sind gehalten, im Sommer möglichst viel Zeit draußen an der frischen Luft zu verbringen. Auf der Wiese hat Nelly den Jungen gefragt, ob er schon ein Versteck hat.
– Nein, ich gehöre hier nicht hin.
– Wo sollst du denn sonst sein?
Nelly stellt sich ihm in den Weg. Sie trüge eine blaue Uniform, die weißen Strümpfe würden sich anlegen wie beim Malen. Sie verschränkt die Arme und wirft die hellen Locken nach hinten. Bevor sie wieder laut ansetzt, zertritt sie einen Löwenzahn.
– Warum lügst du?
– Ich komme aus Berlin. Ich lüge nicht. Dort wohnen auch meine Eltern. Ich habe Eltern, einen Vater und meine Mutter.
Felix wird ungeduldig. Hätte er bloß seinen Mund gehalten. Er will vorbei, aber Nelly ist einen Kopf größer.
– Willst du mein Versteck sehen?
Felix spricht nicht mit Nelly.
– Und wenn du von dort abhauen kannst?
Felix sieht sie mißtrauisch an. Er spricht zum Löwenzahn.

– Und warum bist du hier?
– Morgen nachmittag da hinten am Zaun.
Nelly ist verschwunden. Sie hat ihm die Haare durcheinandergebracht, so als wäre er ein kleiner Junge. Felix setzt sich ins Gras. Er hat jetzt genug Zeit, den zertretenen Löwenzahn auseinander zu pflücken. Das norwegische Land hat viel zu wenige Bewohner. Als Kind ist Felix nackt die Treppe auf- und abgerannt. Dabei bewegte sich und wackelte alles an seinem kleinen Körper. Manchmal hielt er plötzlich an, um festzustellen, was an ihm noch weiter wackelte. Dann wanderte er durch die aufgeräumte Wohnung und berührte einzelne Gegenstände mit seinem Po oder seiner kleinen Brust, wartete ab, was geschah. Es war kalt oder warm, aber es geschah nichts. Im norwegischen Land schrumpfen die Bewohner auf ihr natürliches Maß, weil sie sonst keinen Platz hätten zwischen den Bergen.

Nelly wäre durch und durch verbengelt. Sie forderte Felix auf, ihm zu folgen, aber keinen Laut von sich zu geben. Dabei sprach sie unentwegt, daß sie jetzt genau wisse, wer er sei und woher er komme. Am Ende der Wiese mußten sie über einen hohen Bretterzaun klettern. Dahinter lag ein wildes Feld, auf dem sich wahllos kräftige Bäume erhoben. Nicht weit vom Zaun standen vier solcher Bäume eng beieinander, so daß sie ein kleines Viereck bildeten. Nelly schlüpfte vor ihm weg. Als Felix sich umständlich durch das Gebüsch gepreßt hatte, stand Nelly schon ohne Rock vor ihm.
– Du setzt dich dahin und bist ganz still. Du wirst mich nicht anfassen.
Nelly zeigte auf einen Grashügel und stellte sich ihm gegenüber. Nelly trug weiße Unterwäsche. Sie hatte den blauen Uni-

formrock gefaltet auf das moosige Gras gelegt. Langsam öffnete sie von unten nach oben die schweren Knöpfe ihrer Jacke, die fast so steif aussah, daß sie Nellys Brüste einzuebnen schien. Dabei fing sie wieder laut zu reden an, daß endlich jemand gekommen sei, der etwas vom Abhauen verstünde. Sie fluchte, Scheiße über das Kinderheim, aber dennoch blieben ihre Hände ganz ruhig und sorgfältig, wie sie die Jacke von beiden Armen gleichzeitig abstreifte. Darunter die weiße Bluse, dasselbe mit deren Knöpfen. Felix schaute ihr aufmerksam zu. Er hörte sie nicht, er sah, wie sie sich dem Ausziehen widmete, als sei die Art des Ausziehens entscheidend, um in dieses Versteck zu gelangen. Nelly öffnete ihre Bluse. Sie war nackt darunter. Obwohl der Sommer schon bis zur Hälfte vorüber war und über ihnen der Himmel blau stach, war Nellys Haut weiß. Sie schaute unter der Uniform hervor wie die an den Tag zurückgeholte Erde. Einzelne Sonnenstrahlen warfen Lichtkegel auf Nellys Rücken und Schulter, so daß das kleine Waldstück ganz voll wurde von ihrem Körper. Sie drehte ihre Brust der Sonne zu und brachte die Formen dem Lichtfluß und dem Geruch der Bäume dar, eine berührte sie nach der anderen mit einer einfachen Bewegung des Deutens den Stämmen entgegen. Sie blieben nach oben gerichtet. Nelly zog sich ganz aus. Felix spürte, daß er nur Zuschauer einer Gewohnheit werden sollte, und es hätte ihm nichts ausgemacht, noch Stunden so sitzend ganz Auge zu sein, wenn sonst nichts von ihm erwartet wurde. Im norwegischen Sommer sind die Tage lang und es war ihm egal, wenn man sie suchen und auch finden würde, wenn Nelly es nicht darauf angelegt hätte, ihn zu ärgern. Sie hatte alles abgestriffen bis auf die Kniestrümpfe und die schwarzen Lackschuhe. Der Wind numerierte die durchsichtigen Haare an ihrem Körper.

– Jetzt bis du dran.
Nelly sprach mit einem einzigen Ton.
– Ich weiß nicht.
Zwischen den Bäumen wäre Nelly plötzlich zu einem kleinen atmenden Wesen geworden, das verletzlich an einer Rinde hing. Sie kam ihm jetzt vor wie eine ohnmächtige Riesin, die allen, die er auf seiner abenteuerlichen Reise getroffen hatte, überlegen schien, da er sie jeden Moment weggeweht sah, obwohl sie nichts anderes machte, als die Spuren der Baumrinde, an die sie gelehnt wartete, nicht zu beseitigen, wenn sie sich um sich selbst drehte, um Felix mit ihren Röten aufzufordern. Nelly setzte sich neben ihn ins Gras, das in ihren Po stach. Sie rutschte ein paar Mal darauf herum, als wolle sie dem Gras zeigen, daß ihr das gefiel.
Der Körper des Jungen war schmächtig. Nelly begann zu lachen darüber, wie er sich seine Hosen herunterzog, indem er sie von innen nach außen stülpte und das Hemd aufknöpfte, bevor die Hose ganz abgestrampelt war. Alles war überhastet. Nelly mußte ihm helfen.
– Stop, du bleibst so wie du bist, wenn du dich nicht ausziehen kannst.
Das war ein Befehl. Sie ordnete seine Kleidung neben der ihren. Der Junge ließ sich Zeit, so daß er seinen Körper nicht verstecken konnte hinter den hastigen Bewegungen. Er faltete die einzelnen Kleidungsstücke, so wie es Nelly getan hatte. Er merkte, daß Nellys Blick und die Sonne von seinem Körper Besitz ergriffen hatten, wie er von beiden aufgerichtet wurde, daß er das Gefühl hatte, sich in seinem Leben noch nie richtig gestreckt zu haben. Er stand so aufrecht, daß er sich die Haare ausreißen und mit einem Kopfsprung in den geometrisch blauen Himmel tauchen wollte. Nelly zwang ihn, sich hinzulegen.

– Du siehst, wir sind ganz allein in meinem Versteck.
Beide lagen nackt auf dem Rücken im Gras, Nelly mit ihren schwarzen Schuhen an den Füßen und Felix mit einer Hand auf dem Bauch, der pochte. Die Sonne besah sich die beiden bleichen Körper und schlich um sie herum. Die Brust des Jungen wurde warm. Er spürte, wie das Licht sich durch seine wenigen Schamhaare um sein erregtes Geschlecht legte. Nelly griff nach seiner Hand, beide schwammen, die Beine leicht gespreizt, ihre Schamlippen glänzten, die Köpfe im Himmel.

– Jetzt fang an zu erzählen.
Nelly hielt seine Hand und nahm ihn mit.
Felix schweigt.
Er springt auf wie wild.
– Ich habe zwei Schälchen Pudding mitgenommen.
Nelly wartete. Felix war ganz bei der Sache. Er stülpte ein Schälchen auf Nellys Bauch und begann, die weiche Masse zu verteilen. Er rieb sie über die deutlichen Rippen, ihre dünnen Brüste, die Seiten bis zum Hals.
– Du mußt mich ganz einreiben.
Nelly sprach ohne zu atmen.
Felix fuhr mit seinen verklebten Fingern durch Nellys Schamhaar. Ihm kam der Nachmittag in den Sinn, an dem er abgehauen war, wie er nur wenige Sachen eingepackt, den Bus zum Stadtrand genommen hatte, um die umliegenden Dörfer zu durchqueren. Sein ganzer Körper kribbelte, als hätte das Blut wieder angefangen, die Glieder zu durchlaufen, nachdem sie längst eingeschlafen waren. Von da an konnte er schweigen. Felix spielte mit Nellys Schamhaar. Die Wellen auf dem Skagerrak hatten ihm Spaß gemacht. Eine Zeit hatte er sich einer Reisegruppe angeschlossen, ohne daß ihn jemand fragte,

zu wem er gehört. Es war richtig gewesen, von zu Hause abzuhauen, die Eltern in Sorgen zu lassen, einer plötzlichen Lust folgend nach Norden zu reisen. Felix lernte still. Er berührte Nellys Schamlippen, die weich waren, aber eigenartig fest. Er fühlte, wie der Pudding mit ihrer Feuchtigkeit kleine Kügelchen bildete, die er mit den Fingerspitzen ganz vorsichtig zwischen den Lippen hindurch in ihr Geschlecht schob, das es, so kam es ihm vor, nur hier zwischen den Bäumen und in diesem Augenblick tatsächlich gab. So schob er die Puddingkügelchen hinüber. Nelly flüsterte.

– Jetzt habe ich genug. Du bist dran.
Nelly blinzelte mit den Augen, ihr Kopf war ganz rot geworden, sie schmunzelte wie die rote Zora, bevor sie ihrer Bande einen Befehl gab. Felix nahm das zweite Schälchen, legte sich wieder auf den Rücken und verteilte den Pudding auf seinen Schultern, der Brust, bis zu den Schenkeln. Sein Glied zuckte, als es mit der kalten Masse in Berührung kam und massiert wurde. Nachdem er sich gründlich eingerieben hatte, begann er mit Nelly zu flüstern.
– Unsere Eltern haben uns verlassen und ausgesetzt.
– Sie sind tot.
– Wir sind völlig allein. Niemand wird uns helfen.
– Wir haben uns ein kleines Boot gebaut, dann suchen wir nach Land.
Ein Wind schreitet zwischen den Bäumen. Nelly und Felix liegen beide auf dem Rücken. Sie drücken sich gegen die Erde. Unter einer dünnen Schicht Pudding liegen sie nackt. Der Wind ist kalt am Pudding. Sie spüren das Gras, wie es sich in die Körper eingräbt. Die Zehen und die Nasen sind dem Himmel näher. Der durch die Sonne geschmolzene und getrocknete

Pudding spannt als Zuckermasse auf der Haut. Beide wollen sich kratzen, aber sie bewegen sich nicht. Sie liegen so dicht beieinander, daß sie ihre Gedanken hören. Felix greift mit seiner Hand blind nach Nellys.

– Wir müssen zusammenhalten. Wir werden dazu gezwungen.

– Ich war mit meinem Vater unterwegs, als wir überfallen wurden. Ich glaube, sie haben ihn umgebracht.

– Dann sind wir ausgezogen und gefesselt worden.

– Was werden sie wohl mit uns machen?

– Sicher sehen sie uns jetzt zu.

– Wir werden gezwungen, uns aufeinanderzulegen.

Felix und Nelly rührten sich nicht. Sie spürten wie sie sich überquerten. Die Sonne hatte sie festgebrannt. Sie fühlten sich vorbereitet zum Essen, mit Zuckerguß überzogen, unter dem ihre Geschlechter pochten. Nelly drückte die Hand des Jungen. Er hatte das Gefühl, Gras hätte sich zwischen seine Beine geschlichen, Nellys Becken würde von unten bewegt, die Bäume seien nähergekommen und ihre Äste würden seinen Körper abtasten. Es war, als würden sie eine Höhle für ihren Wuchs suchen. Das Gras an Felix Beinen wurde naß, die Nässe war warm, und Nelly hörte einen Strahl. Beide sahen sich an, während sie nicht mehr an sich halten konnten und pinkelten ohne jede Bewegung. Felix fing immer lauter an zu sprechen.

– Ich bin aus Berlin gekommen und habe Dänemark durchquert bis Hirtshals, dort habe ich mit der Fähre das Meer überstanden, um in Kristiansand dein Versteck zu finden. Zwischen fünf Bäumen wollte ich liegen, auf einem Riesenkörper zu wohnen. Ich habe auf meiner Reise daran gedacht, ob in Norwegen die Berge hoch genug wären und die Täler so tief, daß ich in der Erde gehen kann. Ich habe jeden auf meiner Reise gefragt, wie es ist, sich zu verwirren, zu stolpern, ob man plötzlich in eine Grube fallen kann, in ein dunkles Loch, in dem es wimmelt, und dann schlafen.

Nelly legt sich auf Felix. Sie spricht in dieselbe Richtung.
– Wenn wir uns jetzt drehen, drehen wir uns in die Erde hinein.
Die Pisse und der Pudding vermischten sich und die Erde, die an ihnen klebte, während sie sich drehten und die Sonne um sie. Nelly wachte als erste aus der Erschöpfung auf und befahl. Sie wäre wütend.
– Steck dich in mich.
Die beiden Körper preßten sich fest aneinander. Ihr Verschluß waren die klebrigen Stellen an Nellys Brust, der Schweiß, der sich an ihren Schößen bildete. Felix dachte, Nellys Sog mache sich auf, ihn zu essen, daß er zu Hause nicht Schmatzen durfte am Mittagstisch, während ihre Lippen immer lauter wurden und klatschten und schlürften. Nellys Spucke lief ihm übers Gesicht. Er dachte daran, daß Ameisen von Essensresten angezogen und er und Nelly in einen Ameisenbau geschleppt würden, er immer mit Nellys festen Händen auf seinem Rücken, wie die Ameisen sie überall beißen, sie umschlungen von seinen verkrampften Beinen, wie die Ameisen sie langsam zerteilen würden. Felix spürte Nellys Brustwarzen sich in seinen Körper bohren. Er wanderte auf einer dünnen Landzunge, die jederzeit vom Wasser verschluckt werden konnte. Nelly schrie in den stärkeren Wind.
– Mein Vater hat mich verlassen und meine Mutter hat mich nicht gekannt. Ich will, daß du gehst, daß du sofort mein Versteck verläßt.
Felix rührt sich nicht. Er will für immer hier bleiben, mit Nelly zwischen den Bäumen leben. Wenn es sein muß, würde er das wilde Feld nebenan bestellen. Er würde schwitzen und diesen

Schweiß an Nellys Brüste schmieren. Felix öffnet die Augen. Es wäre spät geworden. Er bewegt sein Glied ganz langsam auf und ab über Nellys Kitzler, beginnt sie zu wiegen und begann eine Geschichte.

Der Junge spricht.
– Zuhause treffen wir den Mond nur nachts. Einmal tauchte der Mond nicht auf. In der ganzen Stadt gingen die Lichter wieder an und die Leute rannten auf die Straße. Sie waren in ihrem Schlaf allein. So fieberten sie in Gesprächen. Für einen Augenblick schienen die Straßen voller kleiner Menschen. Es bildeten sich Gruppen, die verschiedene Ansichten über den fehlenden Mond vertraten, daß die Erde ohne Bahn sei oder der Mond in sich zusammengesackt. Das ging zwei Wochen so. Es bildeten sich Lager. Alles andere wurde noch kleiner. Wer fort mußte, dem wurde es schnell ermöglicht wiederzukommen. Auf der Straße waren nur noch menschliche Geräusche zu hören. Dann wuchsen die meisten wieder. Nach ein paar Wochen hatten sich alle an den fehlenden Mond gewöhnt.

– Wo war er?
Nelly atmete schwer. Felix hielt ihr Becken fest, so daß sie sich kaum bewegen konnte und ihren ganzen Körper ins Wälzen bringen mußte. Der Junge hatte das Gefühl, zum ersten Mal Muskeln in seinen Armen zu haben. Er stemmte sich gegen den Erdboden und merkte, was das Gras wollte. Nelly brach los und schrie.

– Wo war er?
Das Gras drehte die beiden ineinander. Es grub ihnen eine Kuhle und bedeckte sie mit Erde, bis sie sich nicht mehr rühren

konnten. Die Beine der beiden jungen Körper waren steif, angespannt in der durstigen Pisse, der Erde, dem getrockneten Pudding. Felix betrachtete Nelly, ihre Brüste waren klein, kaum noch zu erkennen auf ihrem bedeckten Körper, aber die Brustspitzen zeichneten sich ab, als wollten sie immer noch in die seinen dringen und die beiden verhaken. Nellys Mund war geöffnet, Speichel tropfte hinein, der Junge hatte aufgehört zu schlucken. Nelly war fast still geworden.

– Wo war er?
Der Mond hatte sich auf ein junges Paar gelegt, um sie anzugaffen. Sie sind davon ganz schmutzig geworden.
– Bleibe bei mir.
Nelly ließ los. Sie schrie, riß das umherwachsende Gras aus und stopfte es Felix unter die Achseln und zwischen die Beine. Der Junge hatte das Gefühl, von den Zehen bis in die Spitze seines Glieds aufgerissen zu werden, daß Gras ihm in den Po kroch und aus Nelly wieder hinauskam. Er mußte das Gras ausspucken, um wieder atmen zu können, und spie es in Nellys Gesicht, die abwechselnd »Du Schwein!« ausrief und hustete. Was sie mit den Händen finden konnte, drückte sie in Felix Körper. Laub, kleine Steine, Grasbüschel mit dem ganzen Leben, bei allem wurde sie kräftiger. Felix erbrach auf Nelly. Da warf sie ihn ab. Felix war der erste, der ihr Versteck betreten hatte. Jetzt war es durcheinander gebracht. Das Mädchen versuchte, sich zu reinigen so gut es ging. Nelly wäre verbengelt, sie rotzte auf den Jungen, der ohne Laut rücklings lag.

Das Mädchen spricht.
– Es war einmal ein junges Mädchen mit einer weißen Haut. Diese Haut war so empfindlich, daß man jede Berührung

noch Tage danach sehen konnte. Ihr Körper selbst schien sich zu wehren, indem er abwesende Farben annehmen konnte. Manchmal schimmerten ihre Schulterblätter in einem stärkeren Blau als der Taghimmel. Sie verbarg sich in den Straßengräben, wenn sie mit den Feldern sprach. Ihre Hochzeit wurde nach ihrem Wunsch mit den Eltern und dem Zukünftigen ausgerichtet. Am Vorabend, als sich alle in der Freude um das morgige Fest schon früh schlafen gelegt hatten, verließ sie das Bett und zündete das Haus an. Sie glänzte in den tatsächlichen Farben des Brandes. Am nächsten Tag kam sie zurück, um sich die Opfer anzusehen. Alle waren tot. Die Farben des Brandes verlor sie nicht.

Nelly schüttelte den Kopf aus. Sie war von oben bis unten beschmiert, aber dennoch wirkte sie wieder klar und konzentriert, als sie sich blitzschnell die Sachen des Jungen nahm und den Bäumen entwich. Felix versuchte sich aufzurichten, aber es gelang ihm nicht. Der Schwindel und der Dreck, in dem er sich gewälzt hatte, nahmen ihm alle Kraft. Er hatte das Gefühl, Nelly hätte ihm nur das geschenkt, was er von ihr wollte. Es wurde ihm unangenehm, so zu liegen, aber er war jetzt Nellys Versteck ausgeliefert. Sie hatte gewußt, daß er sie anfassen würde.

Als Felix in Berlin aus dem Flugzeug hinausbegleitet wurde, standen seine Eltern schon auf dem Rollplatz zwischen den Beamten, die ihn ausfragen wollten. Er hätte nicht erzählt, warum er nachts in Mädchenkleidung im Nachbarort von Kristiansand an einer Haustür klingelte. Inzwischen war sein Foto durch die Presse gegangen. Ein älterer Mann öffnete dem verstörten Jungen die Tür. Auch die Mutter konnte sich jetzt direkt an die Behörden in Norwegen wenden. Sie hatte das Bild ihres Sohnes, von dem eine seltsame Geschichte als Felix erzählt wurde, in der Berliner Morgenpost sehen können. Alles geschah ohne Felix, der den letzten Anblick Nellys nicht vergaß.

Felix sitzt wieder allein in seinem Zimmer. Seine Eltern haben ihn mit der Fragerei in Ruhe gelassen. Sie wollen ihm Zeit geben, bis er ihnen alles von selbst erzählt. Die Mädchenkleidung haben sie ihm gelassen. In der Schule, wenn er tatsächlich wieder dorthin gehen muß, werden sie über ihn flüstern. Wenn ihm nichts einfällt, werden sie über die Mädchenkleidung lachen.

Felix faltet Nellys Rock und legt ihn neben sein Bett. Er hat sich nackt ausgezogen und Nellys weiße Kniestrümpfe langsam an seinen Beinen hochgezogen. Die restlichen Sachen hat er auf seinem Körper verteilt. Er würde sich fragen, was aus den Puddingkügelchen geworden ist, die er in Nellys Geschlecht versteckt hätte. Er hatte keine Gelegenheit, das zu untersuchen. Jetzt hätte er Nelly gerne angefaßt. Dazu müßte sie bei ihm sein. Er würde sie gerne fragen. Die Eltern machten sich Sorgen, daß er wieder fortläuft. Felix macht sich Sorgen, daß Nelly jetzt allein in ihrem Versteck sitzt. Er schreibt einen Brief und läuft wieder weg. Er klettert übers Dach und auf das Papier schreibt er, er habe etwas vergessen.

Frosch per Anhalter

Brekekekex koax koax
brekekekex koax koax
der Frosch zum Trocknen der A4
beginnt mit Andalusien oder Seattle
er kam nicht einer, zweimal Cola, Fanta oder Sprite
Brekekekex koax koax
hat den Frosch gesehen
ist zurückgeblickt, das Feuchtsichdenken
Frosch auf sechs Spuren
am besten: im Mai oder Juni gefangen
schneidet ihnen das Vorderteil weg
als wenn man ein Paar Hosen auszieht die Haut
hackt ihnen die Beine weg
ob es junge Hühner sind oder Frösche
wie junge gebratene Hühnerchen
– er beginnt mit seiner Ausdehnung
daß Körper dann kaputt sind, ein
Ärger ungeflickt, wobei anderes aufgeblasen
nicht zerplatzen muß
der Frosch da
dieser Frosch da
unterm Hals, grün und schwarzsprenglicht aus
Teichen und Stümpfen
 ein kalter zäher Schleim, ein Geschwulst etwa,

das Sprechen nicht Ausdehnung begehrt:
brekekekex koax koax
der Frosch zu Descartes –
        er erfand den Wassertrinker
        er durfte nicht aufhören, ihn zu erfinden,
        der stets trank und nichts davon wußte
also doch lieber Sprechen
brekekekex koax koax
der Frosch da, kleiner als ein Ochse, vor seinem Froschlaich,
der an der Sonne destilliert, mit solchem Wasser wäscht sich
das Frauenzimmer, gut zu glatter Haut, dieser Frosch da,
genau dieser, bläht sich platzt auf, aber spricht nicht

Seitdem der Frosch da ist,
auf allen sechs Spuren, platt gesehen, unterm Yankee-Doodle
seitdem der Frosch jetzt da ist
(ICH bin als Gesang von allen Dingen)
als CHINESE FOREST FROG GmbH überall
seine Fruchtstücke ließ,
die Körper im Grün
und der Bogen spitz
überall Seetiere
beritten im Schild
im Gehen hüpfen
die Körper grün
im Kelch ist das Wasser offen.
Allerseelen kommen die Frösche.
                Brekekekex: Dionysos lauter: koax koax.

Ein Frosch ist in allen Dingen: daß wir ihm Platz
        geben, sich festzuhalten, einsteigen und abfahren:

Frosch aus dem Schlafrock
Quack, quock, quuck, queck, quictoria
auf Reise, nicht loslassen
Frosch geht um die Welt
es heißt: sie hüpft in Wassern auf den Kontinent
auf Reise, nicht loslassen
es heißt: sie wird nicht anhalten bei mir
Frosch nicht schlucken
das heißt: ihr Anwesen nie vergessen
fuhr ab
von der A4 bei Kerpen, kurz vor Köln,
ohne anzuhalten vor den toten Fröschen
seitdem ganz entschieden wurde, bis zum Jahr
Zweitausendundfünf in Zukunft ohne Frösche auskommen
zu können
fuhr stets
Landweg ein bißchen zu schnell in den Kreis Köln
ein Frosch, der um eine Maus wirbt
enthauptet/zerlegt/geküßt/gegen eine Wand
geworfen
tatsächlich, ein Frosch, der Helfer, aus Schlamm
Man in moon
a frog which has jumped into person's face and remains
[there
Fear that frog may drown or get dirty
tatsächlich, Heirat ist das wirksamste Mittel,
den Zauber zu lösen
nur Tote essen Frösche:
(durch loses Quaken die meisten Götter störend)

 To keep the Croaking Frogs from Disturbing the

Prince's Slumber
Frog-women betrays self by croaking
Frog wants to be shod like a horse

Brekekekex koax koax
Ich hab sie, hab sie
vom Falken geschnappt
werden Maus und Frosch,
die ihre Füße zusammenbinden
um gemeinsam ein Wasser
zu überqueren

Why frogs cannot speak
Why frog ist spotty all over
Animal punished for hardheadedness
(frog toothless, mole sightless)
Why frog's eyes bulg out
Why frog has rough skin
Frog fails to honour infant Jesus: loses tail.

Why frog croaks in wet weather
Brekekekex koax koax
der Breitmaulfrosch frißt ein Pferd, einen Bäcker
und einen Sack kleiner Kinder, wird von einem
größeren Frosch verspeist und
spricht immer noch mit spitzem Mund
Why frogs croaks in wet weather
Brekekekex koax koax
wir sitzen zu zweit auf einem Frosch
God of fate in shape of golden frog

•

Dabei glaubt jeder vom anderen, er sei der Frosch.

Bin ausgestiegen zu Fuß, daß es schwer wird,
sie einzuholen
auf der Straße, auf der die platten Frösche begossen werden,
quack, quock, quuck, queck, quictoria
sind wir ausgezogen,
God of fate in shape of golden frog

Das Heliogabal Projektil

Seit wir zu zweit sind, sind wir ohne Führer.

Der Schmerz, den wir anderen zufügen,
rührt uns
weil mein Körper nah bei deinem ist
rührt er auch uns
der Schmerz, der uns gehört,
berührt uns kaum
weil mein Körper nah bei deinem ist
der Schmerz
von anderen, den beide spüren
rührt auch an diesen
dein Schmerz, der nah bei meinem ist,
rührt nicht

Zu Beginn war das Jahrhundert rot, was keiner anfassen
[kann.

Seit wir so viele sind, ist auch der Führer weg.

– aber vor dem Schmerz, den wir nicht berühren können,
soll das Jahrhundert weiß werden, weil es rot war
weiß werden an dem Kirschbaum
durch den man einen Hut werfen konnte.

Aus Angst ergeben sich Schaltungen.

Mein Führer liegt im Dreck.
Er hat nicht gewußt sich zu befriedigen.

Weiß werden wo vorher erst das Rauschen in der
[Leitung war.

Der Geist ist schnell und schläft mit mir.
Der Geist ist schnell beim Führer.
Kein Körper schlägt ihn.

– aber vor dem Schmerz, den wir nicht berühren können,
soll das Jahrhundert weiß werden, weil es rot war
Zu Beginn war es rot, was keiner anfassen kann
weiß werden an dem Kirschbaum
durch den ein Hut geworfen wurde.

Aber mit dem Schmerz ist auch der Führer weg.

Ich präsentiere ihn,
aber viele träumen von seiner Wiederkehr.
Er ist auf ein Motorrad gestiegen
und träumt davon, in Betrieb zu gehen.

Seit wir zu zweit sind, ist er nicht zu sehen.

Mein Führer ist mir aus dem Weg gegangen.
Seit wir zu zweit sind, schläft er nicht im Anfang.
Wenn wir beieinander bleiben, bleibt er nicht im Anfang.
Der Führer schwärmt: er hat nicht gewußt uns zu vereinigen.

Mein Führer liegt im Dreck.
Er konnte sich mich nicht vorstellen.

Jahrhunderte ist der Geist bereit gewesen
mich durchzuarbeiten
deswegen ist meine Lust groß
und es ist mir egal, was ich noch nicht gesehen habe
Jahrhunderte ist die Leitung freigemacht worden
und es ist mir egal, wer nicht in der Leitung ist
deswegen ist meine Lust groß
in Betrieb zu gehen.

Der Führer träumt jetzt ohne Farbe.
Der Andere ist weiß.
Wer hier anruft, bleibt nicht bei sich.

was ist
Wenn massenhaft
der andere auf den anderen zugreift.
Und massenhaft
der andere den anderen zuläßt.
und was ist,
Wenn massenhaft
der andere den anderen anfaßt.
Aber
was ist, wenn der Andere
kein Inneres hat

Der Schmerz, den ich von anderen empfange,
ein runder Schmerz
vermischt sich nicht und lebt mit mir

Der Schmerz, den andere mir geben,
ein dreiförmiger Schmerz
er hat die Fähigkeit zu tun als wäre er ich
Der Schmerz, in den andere schlagen,
gehört den anderen
die ihn nicht gegeben haben
ein wachsender Schmerz
der Körper läßt

Ich liege im Runden im Schmerz,
den ich mir angewöhnt habe, unter den
verstreuten Blüten, in der Beschleunigung dorthin

– das Jahrhundert soll weiß werden, weil es rot war
Zu Beginn war es rot, was keiner anfassen kann
weiß werden an dem Kirschbaum
durch den man keinen Hut mehr werfen kann.

Seit wir beieinander sind, ist auch das Töten bei uns.

24 Stunden plus gemacht

mein Urin riecht nach Paris
im Dunkeln riecht es nach Paris
hinter den Nasenflügeln ist der beste Schweiß einsam

Leda riecht nach Solon
es gibt Sandberge, riesengroße Sandberge gibt es,
du bist darauf
es gibt Früchte in deinem Schoß
wir haben keinen Krieg

es riecht
hinter den Black Rocks liegt Nevada
es gibt Reno, mitten in der Wüste
ich wünsche jedem Spieler Glück
es gibt keinen Moment ohne zu riechen
ein jeder Arier glaubt an Krieg und
die Wiederherstellung der Ordnung

mein Finger riecht nach dir
das Golden Gate liegt im Nebel, wie wir hindurchgehen
es gibt ein kleines Café auf der anderen Seite
nicht hinuntersehen
hinter den Nasenflügeln ist der beste Schweiß einsam,
wenn er nicht aufgetragen wird

der Angst keinen Schwung geben
wir haben phantastisches Wetter
ich wünsche jedem Seefahrer phantastisches Wetter

es gibt Schlaftabletten in einer großen Menge
Schlaftabletten, die den Körper nicht zugrunde richten
daß nach 24 Stunden Swedenborgs Himmelsblau
zusammenbricht,
ein Baustein hinunterfällt und
vier Menschen auf der Erde an unterschiedlichen Orten
[erschlägt
wir haben vier Unglücke ohne Krieg

es riecht
im Dunkeln riecht es nicht
seit 8 Jahren riecht es nicht
es gibt keinen, keinen gibt es zu riechen
ein jeder Deutsche sollte an sich riechen
ein jeder sollte riechen
ich wünsche allen Fischen Wasser

Unter Alcatraz
eine Stunde, die übrig bleibt

Ausgelöscht
das Wandwaschbecken: du bist
ausgestreckt in der Wüste Nordafrikas
um dauernde Stunde durchquert
wie ich entlanglecke verreckt
an deinem Salz –
der Durst ist uns aufgestanden

die Klappritsche knochen: daß wir zweitens
die gekrönte Sahara auf zwei
Treibrädern durchqueren wie bescheuert
schalten und nicht dem Weg nachfragen,
die Karten beginnen idiotisch zu lesen,
daß uns die Liebe auf Pistensand
liebt

jede erkennbare Ecke: im Pyramide-Lake ich
ohne Grund schlief, get stuck zuerst
im grau-schwarzen Streu bei den Vorder-
rädern, dann fett tot. Zwanzig Bucks
ein Truck nahm den heissen Quellen
mich, daß ich tauche aus der Meer-
schaumgöttin mit schmutzigen Gedanken
für dich allein

im Nicht-Licht der Decke: so fahren und an
die Freude und schreiend in
die verdammte Himmelsspitze. –
Schritt eins: das Ritual des Ohne-Kopf-Mann.
Die Wüste antwortet: high risk.
Nächster Schritt: nichts geht verloren.
Gib Acht auf die Seelen der Freunde,
der Eltern beschämt, Frosch und Ente,
des einzigen Bruders in x Tagen,
die da waren, als es zur Rettung käme.
Schritt drei: Fest der Rosen

der behämmerte Wandspiegel: ich noch rasend
und wollte so bleiben mit dir, irre
an die Wand geschmissen vor eigene Kraft,
immer bei dir von Luft zu Schlag
zwischen dir und dir und die Hälfte
zwischen mir durchbrennt, daß uns
das Abseilen erspart bliebe wie beim
Ausgang zum Sprung ich deinen Brief
auf der Brust trage. Überall war der
Gehsteig gefroren und wir rutschten
an einem Schal gebändelt mit gleicher Kraft

Licht und Schalter: ich fürchte mich nicht,
daß ich vollends in der Liebe lehne,
daß ich mich versprochen habe
fürchtet mich nicht – in der Stunde
wo Wüste mich genommen hat nicht,
am äußersten Punkt hier gebrüllt:
fürchte dich nicht.

Verlöschen
der Umrisse und Eisenreihe: schimpf nicht
mit der toten Geliebten. Jage dem Schmerz
keinen Schock ein. Verlaß mich nicht,
denn das wäre kälter als.

TIERKIND

Lisa macht sich frisch in den Tag. Mit dem kleinen Finger legt sie an jede Wange einen Tropfen. Der riecht nach Ananas. Morgens gibt es Kaffee und einen halben Apfel mit Milch. Lisa nimmt sich alle Zeit. Von neun bis eins faltet sie Papier in der Küche. Zu Mittag kauft sie ein, Marktgemüse und im Supermarkt ein Stück Fleisch. Um drei Uhr fängt sie ihre Arbeit wieder auf. Satt mit einem starken Mokka hat sie sich losgemacht in die erste Woche. Nach sechs Tagen ist Lisa tot.

Lisa hat zwei Stapel Papier hinterlassen. Links liegen die Blätter mit den Sätzen, die sie genossen haben. Rechts stehen die Gründe, daß Lisa jetzt nicht mehr lebt. Beide Stapel sind weder gleich groß. Die Sätze stehen auf mehr Papier als die Gründe. Jeder Satz hat Lisa durchnumeriert, fast fünfzehn und Hundert, die Gründe hat sie gelassen. Ein Blatt ist manchmal über zwei Zeilen. Die eins beginnt mit den Pflanzen.

Die Kastanien blühen, und es riecht nach Sperma. Lisa, die ihre Beine in den Bäumen gelassen hat, sucht nach eigenen Pferden. Lisa, die den Boden des Waldes ohne Beine durchquert, erforscht das Leben der Ameisen, das einbehält das Leben der Pflanzen. Es ist tatsächlich so, nach Lisa, daß es das Leben der Pflanzen noch nicht gibt. Sie, die ihre Hände im Baum gelassen hat, fragt sich oft im Geräusch der Kastanien, wann die Bäume im Sprechen gehen, ob sie das Greifen kann, ohne zu laufen, das Laufen, ohne zu greifen. Das Loslassen, ohne das Leben der Pflanzen niedrig zu halten.

Lisa steigt ein in eine U-Bahn. Sie hat sich entschieden, die beiden Alten, die in der U-Bahn leben, nach Hause zu bringen. Sie will ihnen die Tücher zurückgeben, denn es sollte kein alter Vater in einem Loch leben. Keine alte Hausfrau sollte ihn dorthin begleiten müssen. Es ist wunderschön, so Lisa, einen alten Körper zu waschen und in einen starken Stoff zu hüllen. Die beiden Alten trinken und singen. Manchmal hält die Frau an, fährt fort zu weinen und bittet Lisa um etwas Geld. Alle wollen leben, denkt Lisa darüber, den beiden ihren Platz zu geben. Aber, so gibt sie, er gehört ihr nicht.

Lisa hat fünfundzwanzig Beine. Sie kann sich nicht wohl fühlen auf zweien. Es wird ihr schwindelig, wenn sie versucht, einen Weg auf das Nacheinander zweifüßiger Schritte zu konzentrieren. Lisa will zunehmend waagerecht bleiben. Es müßte jemand kommen, der sich auskennt mit dem Stehen. Der zu Lisa sagt, daß sie liegen soll, weil er nicht liegen kann. Sie weiß, wie ein Rückgrat den ganzen Tag im Bett bleiben kann, ohne Schmerzen zu haben. Und vielleicht kommt noch ein dritter, der sagt: ihr wißt zu liegen und zu stehen, ich setze einen Fuß vor den anderen. Ich bin meisterhaft mit den Schritten. Lisa und ihr Freund können ihn gebrauchen. Und es kommt ein vierter: ich kann fliegen. Lisa dachte mit den anderen zu stehen, zu gehen und zu fliegen, wenn sie mit den anderen im Bett liegen blieb.

Lisa ist eine hervorragende Spaziergängerin. Sie weiß unmittelbar, was ihr gefällt. An einem schmalen Bachlauf hat sie sich als Pilz gefühlt. Verteilte den Körper zwischen Bachspritzern eines lockeren Staudamms. Lisa stellt sich vor, hier zu bleiben, was geschieht, wenn sich Erde zwischen ihre Beine schiebt. Lisa stellt sich vor, es gäbe noch die Möglichkeit zu wachsen, sie könnte also erleben, wie etwas aus ihrem Körper hervorgeht. Am Staudamm fallen Lisa die Pflanzen in die Hände. So als hätte sie kaum ein Kind, ein Stöckchen von der Brücke geworfen. Aber das hat nicht geklappt, daß sie zur anderen Seite gezogen wurde. Und hier kam es nicht wieder heraus, weil Lisa sich das Stöckchen hinten hinter den Gürtel geklemmt hatte. Sie sei das Beet. Sie hätte sich nur gewünscht, daß nicht sie allein von der Brücke springen müßte.

Lisa ist in die Wüste gefahren. Sie brüllt begeistert los: jetzt habe ich mir in die Hose gepinkelt. Aber wie kommt das. Ihr Freund ist freundlich und erklärt es ihr: die Sonne, die Wüste und dein Urin. Hör auf, in die Sonne zu starren. Sie rennt über die sanften Sandkämme und verliert ihren Freund als Punkt. Schön ist es, wenn der Sand in die Luft steigt und die Gesichte schleift. Der Himmel erscheint ihr so viereckig, weil es der Boden ist, der kleine Körnerboden, der weiter reicht. Es kann nichts geschehen, wie weit zu gehen möglich ist, Lisa kann nicht von der Wüste fallen, sie bleibt dort ungewollt verborgen. Ihrem Freund wird es zu heiß, der Sand verstopft die Poren, aber in Wirklichkeit öffnet er sie. Lisa hätte sich gewünscht, er läßt sie sitzen. Und abholt, wenn sie eine Versteinerung erfahren hat. Er hätte sich ihrer bedienen können, und ihr würde das schon jetzt gefallen.

Ein riesengroßer grauer Elefant liegt morgens im Bett. Lisa hat dieses schwere Tier zur Welt gebracht. Es gehört aber dort nicht hin. Wenn Lisa morgens aufwacht, aber der Elefant nicht da ist, hat der Tag keinen Besitz und Lisa wartet auf das Schwere sich auszulassen, das sie sonst zerdrücken würde. Der Elefant setzt sich auf Lisa, als wollte er die Geburt wieder rückgängig machen. Morgens ohne Leib zu erwachen braucht Lisa Stunden, den Tag erst einmal aufzumachen. Sie ist es nicht gewohnt zu gehen. Statt dessen versucht sie zu reiten auf einem Elefanten, der keinen Platz hat im Bett, nicht in die U-Bahn paßt er und auf dem Gehweg strömen alle auseinander, was ihr lieb ist mit einem solchen Körper. Er sollte zurück nach Afrika, als er noch da war. Zu folgen wäre ihm Lisa überall hin bereit gewesen. Jetzt bleibt ihr kleiner Elefant ohne Land. Im Morgen erwacht sie ausgeblieben schwer, aber ohne ein Gewicht aufzustehen.

Lisa wird von Zähnen heimgesucht. Es sind Schäferhunde, Füchse, Reiher, die haben keine Zähne. Sie ist weich beim Zerbeißen. Lisa ist ruhig und zieht die Hand nicht weg, aber die Sehnen springen zur Seite, kein Blut, aber der Ringfinger reißt ab. Lisa hat Zähne im Mund, nicht ihre eigenen. Sie muß sich so bewegen, daß sie sich nicht verletzt. Es ist leicht eine Zunge ab. Lisa hat Zähne in den Augen, nicht zum Verschließen. Es wäre leicht, einen Finger oder das Augenlicht zu verlieren, aber die Zähne sind in die natürlichen Bewegungen eingelassen. Lisa ist bemüht, ein schnelles Tier zu werden. Deswegen geht sie ins Wasser, so lange es geht mit den Augen an Bord, bis der Unterleib ab ist, weder an Land, noch im Wasser, ohne zu landen.

Lisa hat einen Floh im Ohr. Du mußt immer wandern, sagt der Floh. Du stehst schon ziemlich lange starr, sagt der Floh. Du bist eine Närrin: weil es Winter ist, läufst du umher. Die Wüste, äfft der Floh nach, ist genau dort, wo du hinauslaufen willst. Die Wüste ist kalt, dein Herz ist kalt. Dein Herz ist aus Eis und aus Hohn. Vögel schreien und fliegen, kein Floh ist je in die Welt gegangen. Auch die Stadt liegt in der Wüste. Der Floh hat ein Haus. Wer kein Haus hat, hat das Weh. Du hast etwas verloren, aber das war schon ohne Halt. Lisa hat den Floh. Lisa, sagt der Floh, du bist blaß, du bist Rauch, verlaß mein Haus.

Lisa selbst ist eine Tigerin. Sie ist unheimlich vor ihren eigenen Sprüngen. Lisa weiß nicht, warum sie immer nur springt, wenn niemand zusieht. Dabei ist es klar: die Kraft hat sie und Lisa darf nicht sehen, wann sie auf den Arm genommen wird. Tigertier Lisa springt.

Es gab schon einmal einen Menschen. Lisa und er gingen auf einem Kamm. Ihr Tal läuft voller Wasser. Sie gehen auf schmalem Grat. Ihr Tal läuft voller Blut. Sie gehen direkt an die Farbe. Bist du mein Freund. Dem Draht bleibt ein dünner Strich. Die Sonne ist unten und an dem Ende des Strichs bleibt Gestein. Bist du mein Freund. Bis zur Baumlinie ist alles unter Flut. Zwei Körper auf einem Steg über dem Spiegel. Ich hoffe, du bist es.

Lisa ist Nacht. Unbemannte Nacht. Sie läßt sich betreten und nimmt für sich ein. Am Tag liest sie und in der Nacht lebt sie. Aber niemand sieht, daß sie doch umhergeht, daß sie etwas tut, daß ohne sie niemand mehr schlafen könnte. Und niemand nimmt wahr, daß es ihrer bedarf, daß jemand am Tag träumen muß und in der Nacht schlafwandelt. So daß niemand die Nacht betritt und Nacht bleibt. Es gibt keine Nacht, wenn niemand mehr eine Laune singt. Und die Nacht sagt zu Lisa, komm.

Lisa denkt das Licht. Wie es aussieht? Sie hat einen Jungen auf einer Wunde gesehen: in der syrischen Wüste steht ein Drahtgestell, an dem der Wind zerrt. Der Junge ist von links gekommen. Er ist dürr. Der Junge zieht sich das Drahtgestell an. In der syrischen Wüste steht ein Junge, dessen Arme ein Drahtgestell hält. An ihnen zerrt der Wind. Der Junge hat noch keine Kleider. Er wünscht sich Kleider, bunte und wertvolle Kleider, damit sein Tanz beginnen kann. Lisa glaubt, daß das Licht sie eines Tages aufnimmt.

Lisa hat Beine, die nicht gleich nah beieinander sind. Lang sind sie, aber stabil und bilden einen hohen Raum. So daß ich ein Band hätte legen können um Lisa, von ihrem Hals, zwischen den auseinanderliegenden Brüsten über ihren Nabel und zwischen den Beinen hindurch, hoch, ohne daß es verknicken würde von hinten.

Lisa wartet auf mich. Ein einzelner Junge, wenig bekleidet, rennt durch das hohe Gras. Er hat Sauerampfer gesammelt, das gut schmeckt. In der Rechten hält er einen Maiskolben, in der Linken einen Stock. Er rennt in einem wildernden Blick. Mit dem Stock schlägt er sich geschickt die Disteln vom Leib, damit sich seine schmalen Hüften ganz schnell durch die Halme bewegen können. Hinter ihm scheint ein lautes Gejohle zu sein, das ihn bei seinem Triumph begleitet. So jung ist Lisa eine Kaiserin.

Lisa wartet auch ohne mich. Sie rutscht ab und weiß, daß sie ersticken wird. Am Ende landet sie und wundert sich darüber, daß sie im Wasser nicht nach Luft ringt. Auf dem Meeresgrund ist es egal, ob sie steht oder liegt. Niemand kümmert sich darum, ob sie an den richtigen Platz gelangt oder nicht. Die Windstärken auf der Oberfläche bringen auch niemanden weg von dort, wo er abgesetzt wurde. Lisa wird bewegt von einem Sonneneinfall zum nächsten. Dort merkt sie lose weiter, daß sie schwimmt. Eingepackt in Schuppen weiß sie, daß sie nicht mehr abhängt von ihrer Mutter. Sie schwimmt nach oben und fällt um. Mit einem Auge kann sie direkt in die unbewegte Sonne sehen, die ihren glitschigen Körper innerhalb von einer Stunde ausfragen kann. Sie versucht sich aufzurichten, dann läßt sie es zu.

Lisa wünscht sich Bürgerkrieg. Sie steigt in einen Fahrstuhl. Während der Fahrstuhl sinkt, stürzen Flugzeuge ab. US oder Pakistan Airlines ohne Grund. Schicksale werden genommen. Während die Etagen zählend rückwärts blinken, geht in den Funksprüchen der Piloten eine schwarze Sonne auf. Der Horizont ist auf einmal gut zu dem Schlaf der Instrumente. Kein Fahrtenschreiber meldet die Signale des übernatürlichen Versagens. Lisa spürt ihre Kraft wachsen. Wenn sie sich die Hinterbliebenen vorstellt, wie sie die Nachricht erhalten, wie sie sich vorstellen wie die Abstürzenden schreien in den geöffneten Mund des unkontrollierten Cockpits, wie sie ihre letzten Gedanken versuchen zu haben. Die Hinterbliebenen denken, ob an sie gedacht wird in den letzten

Sekunden, als die Fliegerschar in eine zischende Minute geht. In diesen Sekunden sind die Hinterbliebenen neidisch auf die Abgestürzten. Lisa weiß das.

Lisa: die Zeit heilt deine Wunden. Es geht alles an dir vorbei. Es muß ja. Ob du willst oder nicht, morgen ist dein neuer Tag. Und im Tag liegt dein Glück. Es wird dir nichts geschenkt. Und wenn du einen Schritt nach dem anderen machst, kommt dein Ziel bestimmt. Und wenn du tapfer bist, kommt dein Prinz. Es ist schrecklich, aber du bleibst hart.

Lisa: kannst du dir vorstellen, die Hand hat sechs Finger. Reiß keinen ab. Ich bin jetzt wie ein Krokodil, das versucht zu hüpfen, siehst du mich zwischen den Bäumen hängen, wie ich glücklich bin, daß ich über mich reden kann und glücklich bleibe. Liebe Lisa, geh nicht weg, siehst du nicht, daß du von dir erzählen kannst und glücklich bleibst.

Lisa ist ein Schiffchen. Tausend Schnecken ziehen an ihr vorbei. Vielleicht ist es ihr möglich, daß sich alles gibt. Wenn es nicht schon alles hingemacht ist.

Lisa webt noch eine Weile. Auf dem Feld ist ein Junge, wirft sich erschöpft zwischen die Haare. Neben ihm liegt ohne Atem ein Mädchen. Beide sind fast nicht zu unterscheiden. Sie sind vor vielen Stunden in zwei unterschiedliche Richtungen losgelaufen, in der Hoffnung, daß sich ihre Wege kreuzen. Es entsteht der Eindruck, daß das Mädchen ein Junge in einem weiblichen Körper und der Junge ein Mädchen in einem männlichen Körper ist. Das hat dazu geführt, daß sie keine Erfahrung voneinander haben. Weil sie keine

Erfahrung voneinander haben, legen sie sich ohne zu zögern aufeinander. So liegen sie nackt und ohne Berührung auf den Rändern des erscheinungslosen Himmels. Wenn jetzt jemand käme, sagt der Junge, wären wir nicht wehrlos. Nein, sagt das Mädchen, wir wären zwei gegen einen.

INHALT

7 BARBAR

20 Zirkeln mit D. Ch.

24 Nach drei, vier Fluren

27 ELEKTRIK

43 PUDDING

60 Frosch per Anhalter

65 Das Heliogabal Projektil

69 24 Stunden plus gemacht

71 Unter Alcatraz
eine Stunde, die übrig bleibt

75 TIERKIND

Leander Scholz, geboren 1969, lebt in Köln.

Er war Mitherausgeber der Zeitschrift *Artic* und veröffentlichte Prosa und Lyrik in zahlreichen Zeitschriften und Anthologien. 1995 erschien sein erster Roman *Jungfernpergament* im Verlag Ricco Bilger, Zürich.